4.⁹⁵
eu
5

D0827130

LA FÊTE
DES PAIRES

Ma langue au Chah.
Ça mange pas de pain.
N'en jetez plus !
Moi, vous me connaissez ?
Emballage cadeau.
Appelez-moi, chérie.
T'es beau, tu sais !
Ça ne s'invente pas !
J'ai essayé : on peut !
Un os dans la noce.
Les prédictions de Nostrabérus.
Mets ton doigt où j'ai mon doigt.
Si, signore.
Maman, les petits bateaux.
La vie privée de Walter Klozett.
Dis bonjour à la dame.
Certaines l'aiment chauve.
Sucette boulevard.
Remets ton slip, gondolier.
Chérie, passe-moi tes microbes !
Une banane dans l'oreille.
Hue, dada !
Vol au-dessus d'un lit de cocu.
Si ma tante en avait.
Fais-moi des choses.
Viens avec ton cierge.
Mon culte sur la commode.
Tire-m'en deux, c'est pour offrir.
A prendre ou à lécher.
Baise-ball à La Baule.
Meurs pas, on a du monde.
Tarte à la crème story.
On liquide et on s'en va.
Champagne pour tout le monde !
Réglez-lui son compte !
La pute enchantée.
Bouge ton pied que je voie la mer.
L'année de la moule.
Du bois dont on fait les pipes.
Va donc m'attendre chez Plumeau.
Morpions Circus.

Remouille-moi la compresse.
Si maman me voyait !
Des gonzesses comme s'il en pleuvait.
Les deux oreilles et la queue.
Pleins feux sur le tutu.
Laissez pousser les asperges.
Poison d'Avril, ou la vie sexuelle de Lili Pute.
Bacchanale chez la mère Tatzi.
Dégustez, gourmandes !
Plein les moustaches.
Après vous s'il en reste, Monsieur le Président.
Chauds, les lapins !
Alice au pays des merguez
Fais pas dans le porno...

Hors série :

L'Histoire de France.
Le standinge.
Béru et ces dames.
Les vacances de Bérurier.
Béru-Béru.
La sexualité.
Les Con.
Les mots en épingle de San-Antonio.
Si « Queue-d'âne » m'était conté.
Les confessions de l'Ange noir.
Y a-t-il un Français dans la salle ?
Les clés du pouvoir sont dans la boîte à gants.
Les aventures galantes de Bérurier.
Faut-il tuer les petits garçons qui ont les mains sur les hanches ?

Œuvres complètes :

Vingt-deux tomes déjà parus.

SAN-ANTONIO

LA FÊTE
DES PAIRES

6, rue Garancière - Paris VIe

Pour D. D. SARDA,
qui fait la pige à la mère Sévigné.
Avec l'amitié de

SAN-A.

PREPREMIÈMIÈRE PARPARTITIE

LES VISITEURS DE TRIPOLI

Le colonel Gamel Dâr Hachid regardait l'écran de sa vidéo d'un air indécis. Il y découvrait du jamais vu : un couple de péquenots français, très folkloriques, gauches et empruntés, assis côte à côte sur une banquette dans l'attitude frileuse des grands timides.

L'homme portait un complet noir d'un autre âge avec, par-dessous, un gilet de soie à fleurettes mauves. Il tenait sur l'un de ses genoux son chapeau de feutre rond orné d'un ruban moisi. Il devait tutoyer la soixantaine. L'écran étant précis, on distinguait qu'il était mal rasé dans la région du cou.

Sa compagne faisait encore plus godiche que lui dans un accoutrement composé de jupailles superposées, à plis et à rubans. Bien qu'elle eût l'âge de son mari, son corsage blanc était tellement tendu que le boutonnage décrivait une succession de « 8 » les uns au-dessus des autres. Elle avait les cheveux presque gris, le teint couperosé et, dans le regard, une imbécillité de bon aloi qui rassurait.

Le colonel Gamel Dâr Hachid abandonna l'écran pour jeter un œil sur la fiche de demande d'audience qu'avait remplie le couple. Il lut, car il parlait et écrivait parfaitement le français :

« Francis et Blanche Macheprot, cultivateurs à Fumsé-Dubailge, Eure-et-Loir.

A la rubrique « objet de la visite », ils avaient mentionné :

« Restrictivement personnel, mais c'est de la part de M. « Kader Houcel ».

Cette déclaration finale ébranlait le colonel Gamel car le dénommé Kader Houcel était un de ses agents terroristes chargé particulièrement du « front » français. Il lui devait de très remarquables attentats, perpétrés avec précision et sang-froid et qui avaient beaucoup ému l'opinion publique. Comment diable (c'était le cas de le dire) Kader Houcel pouvait-il lui adresser un tel couple ?

Il se tourna vers le planton qui lui avait apporté la fiche.

— Ils sont passés au détecteur ?

— Oui, colonel ; négatif.

— Ils ont une espèce de vieux panier noir entre eux, que contient-il ?

— Du beurre, colonel !

— Du quoi ?

— Du beurre. Cinq kilos, enveloppés dans de la gaze humide et des feuilles de vigne.

— Pourquoi, ce beurre ?

— Ils comptent vous l'offrir.

— Vous l'avez sondé ?

— Sondé et passé aux rayons « X » : négatif. Il s'agit de beurre de première qualité comme en fabriquent ces salauds de Français.

— Vous leur avez demandé comment ils connaissent Kader Houcel ?

— Ils disent que c'est confidentiel.

Le colonel contempla de nouveau l'écran vidéo. Les Macheprot n'avaient pas bronché et continuaient d'attendre, côte à côte, avec chacun un coude sur le panier noir à couvercle qui les séparait. Ils possédaient la sérénité des campagnes ; une sérénité basée sur la confiance en la vie.

— Fais-les entrer, décida Gamel Dâr Hachid.

Il se leva pour dégourdir ses longues jambes ankylosées. C'était un homme athlétique, au visage sombre barré d'une énorme moustache à la Groucho Marx. Il possédait un nez fort, couvert de poils, et un minuscule tatouage étoilait sa pommette gauche.

Gamel Dâr Hachid dirigeait le centre d'entraînement terroriste de Tripoli. Ses fonctions particulières faisaient de lui une espèce de petit monarque autonome qui n'avait de comptes à rendre qu'au seul Kadhafi. Ses hommes l'avaient surnommé le colonel d'acier, tant il était intransigeant et sévère.

Son planton toqua à la porte. Il cria d'entrer et le couple pénétra furtivement dans le bureau du colonel, l'échine arquée, le regard en dévotion, un sourire éperdu aux lèvres.

Gamel se tenait devant sa vaste fenêtre, dos aux arrivants. Il plongeait dans la cour du Centre et regardait des recrues s'entraîner au lancement de la grenade. Cet exercice le passionnait. Et puis il avait pour règle de laisser mijoter ses visiteurs avant de s'intéresser à eux. C'était une recette éculée mais qui donnait d'excellents résultats. Il lui arrivait de les « oublier » dans son bureau pendant près d'une heure, ne leur accordant aucun regard, continuant de vaquer à ses occupations tandis que les arrivants dansaient d'un pied sur l'autre près de la porte. Personne ne résistait à cette humiliation. Lorsque l'entretien commençait, le visiteur était archiconditionné : à sa botte !

Mais dans le cas présent, l'humilité infinie du couple, sa gaucherie éperdue, ne rendaient pas nécessaire un tel préambule. Gamel abrégea le

supplice. Il se retourna et considéra avec presque de
la surprise ces deux vieux aux trognes couperosées.
Il gagna son fauteuil pivotant, croisa les jambes et
jeta son képi au sol.

— Approchez ! lança-t-il.

Les Macheprot firent trois petits pas peureux dans
sa direction. L'homme boitait. Le colonel Gamel
Dâr Hachid nota qu'il était affligé d'un pied bot.

Le paysan s'inclina :

— On est très honorés que vous nous receviez,
mon colonel ! balbutia-t-il en roulant les « r » à
défaut des épaules.

— Comment se fait-il que vous connaissiez Kader
Houcel ? questionna abruptement l'officier supérieur.

— On le connaît, rapport qu'on lui a sauvé la
mise le mois passé, assura Francis Macheprot. Il
avait les gendarmes au cul, sauf vot' respecte, et
c'est moi que je l'ai planqué dans mon cellier. Y
venait de faire craquer la poste centrale de Chartres,
p't'être en avez-vous entendu causer ?

Le colonel en avait effectivement « entendu causer », de même que de la course-poursuite ayant
succédé au coup de main. Effectivement, Kader
Houcel avait eu chaud aux plumes.

Il coula sur Macheprot un œil adouci.

— Ah ! c'est vous. Très bien...

— La moindre des choses, assura gentiment le
cultivateur. Un homme dans l'embarras, si on l'aide-
rait pas... Surtout quand c'est qu'il a la maréchaus-
sée après lui, hein ! Chez les Macheprot, pour tout
vous dire, mon colonel, on a horreur des gendarmes.
Si je vous dirais qu'au sièc' dernier, mon arrière-
grand-père a monté sur l'échafaud pour avoir *éventré
la tête* d'un gendarme qui l'avait pris à braconner.

Il se tut et présenta le panier noir à l'officier.

— C'est pour vous, mon colonel : du beurre. On se doute que par chez vous, y doit être rare, aussi j'ai pensé que ça ferait plaisir à votre dame.

— Merci, fit le colonel.

Il donna un coup de paume sur le timbre placé à sa droite. Le planton parut aussitôt. Gamel lui désigna le panier et lui dit, en arabe, de partager le beurre entre les élèves qui auraient accompli les meilleures performances de la journée.

L'homme salua et sortit avec le présent des Macheprot.

— Si vous pourriez nous rendre le panier, dit ce dernier, c'était celui que ma défunte mère se servait pour aller au marché.

— On vous le rendra, promit Gamel ; mais je suppose que vous n'êtes pas venus à Tripoli simplement pour m'offrir du beurre ?

Macheprot eut l'air au paroxysme de la gêne et se tourna vers sa bonne femme pour mendier de l'aide.

Vaillamment — les femmes sont davantage courageuses que les hommes bien qu'elles aient peur des souris —, elle prit la parole pour s'expliquer :

— C'est rapport à not' fils Mathieu, monsieur l'officier. C'est un garçon très bien. Il a passé son bachot avec mention bien, pour vous le situer. Au début, il voulait faire vétérinaire, mais il a changé d'avis et, à présent, il voudrait faire terroriste.

Cette déclaration tranquille stupéfia le colonel qui était cependant un homme aguerri. Décidément, ce couple de paysans français n'était pas ordinaire.

Enhardi par le prologue de sa Blanche, Francis Macheprot enchaîna :

— Mais attention, mon colonel, y a terroriss et terroriss. Mathieu, la bricole ça ne l'intéresse pas : abattre un agent, foutre une bombe dans un grand magasin, c'est à la portée du premier connard venu

et, Dieu merci, not' garçon vise plus haut. Lui, son
objection, c'est le tout grand terroriss ; l'international, quoi ! Genre M. Carlos, pas çui qui chante Oasis
Oasis, l'autre ! Carrément l'opération commando,
comme on dit. Quand y m'a fait part, j'y ai dit :
« Mon gars, dans la vie, faut toujours voir grand.
Avant de te lancer : fais tes classes ! On va te choisir
une bonne école où on t'enseignera le baobab du
métier, paraît qu'existe des instituts en Libye qui
forment au terroriss aussi bien que l'Ecole hôtelière
de Lausanne à la restauration. Alors je m'ai rensei-
gné et je m'ai laissé dire que votre établissement
représentait le stop niveau de ce qui se fait en la
matière, mon colonel. Si vous voudriez bien nous
indiquer les conditions d'admitance... Je suppose
que les étrangers n'ont pas droit à une bourse, n'est-
ce pas ?

De plus en plus éberlué, Gamel ! Il caressa ses
formidables moustaches d'ogre pour se donner une
contenance.

— Mais, fit-il, vous faites erreur, nous n'avons
rien à voir ici avec le terrorisme.

Macheprot cligna de l'œil.

— Plaisantez pas, mon colonel. Je veux bien que
vous fussiez lié par le secret d'Etat, mais entre nous
y a pas de gêne à avoir. Bon, oublions le mot,
puisqu'y vous taquine et appelons votre école une
caserne. Vous serait-il possible, en témoignage de ce
qu'on a fait pour votre agent Kader Houcel, de nous
prendre le petit ? Ne serait-ce qu'un stage d'un an, j'
suis sûr que ça porterait ses fruits. Ensuite toutes les
portes s'ouvriraient devant lui. A coups de bombes
au besoin.

Comprenant qu'il avait affaire à des presque
demeurés obstinés jusqu'au délire, Gamel Dâr
Hachid demanda à Francis Macheprot de noter les

coordonnées de son rejeton sur une fiche et promit de contacter Mathieu incessamment. Après quoi il prétexta un rendez-vous d'état-major et congédia le couple. Dans l'antichambre, le panier noir leur fut restitué. Ils quittèrent la caserne d'une allure guille-rette.

La place accablée de soleil (comme il serait écrit dans une œuvre d'inspiration purement littéraire) était presque déserte. Les Macheprot se dirigèrent vers la rue la plus proche où, dans une zone d'ombre précaire, les attendait une voiture. Ils y prirent place. Le chauffeur s'arracha à sa somnolence, glissa le chapelet de prière, qu'il égrenait distraitement, dans la poche de sa blouse grise et démarra sans un mot.

Il conduisit les Macheprot à l'aéroport où ils s'enregistrèrent sur le vol Swissair 229 qui décollait à 15 h 20.

A 16 heures, le conseil du mercredi groupant tous les responsables des centres d'entraînement de Tri-poli et de Benghazi se réunit dans le bureau du colonel Gamel Dâr Hachid pour une conférence de routine. L'aréopage se composait d'une dizaine de personnes : officiers supérieurs, conseillers spé-ciaux, délégués du pouvoir central.

Gamel qui présidait la séance parcourut la petite assemblée d'un regard dominateur, les pouces fichés à l'intérieur de son ceinturon de cuir.

— Je crois que tout le monde est là, dit-il, satisfait, nous allons pouvoir commencer.

Ce furent ses ultimes paroles et il est intéressant de constater que cet homme acheva sa vie par le verbe « commencer ». L'existence est pleine d'ironie.

La bombe déposée sous le bureau par le père

Macheprot, grâce à sa chaussure orthopédique truquée, était si puissante qu'un seul des assistants eut la vie sauve. Encore lui manquait-il un bras et une jambe après l'explosion.

Au même instant, à quelque dix mille mètres d'altitude au-dessus de la Méditerranée, Mlle Heidi Aebyschoen, hôtesse de l'air de la Swissair, servait à Francis Macheprot un plateau repas comprenant : un toast au saumon fumé, une tranche de rosbif en croûte, un morceau de gruyère, un gâteau à l'orange et une aimable topette de dôle rouge en provenance du Valais.

N'EFFEUILLEZ JAMAIS
LES ROSES D'OR

Je commence à avoir les cannes qui flanchent, à force d'à force !

Trois plombes à rester debout, compressé dans une foule de jeunots plus ou moins punkisés qui fouettent la sueur, la harde achetée aux puces et le parfum à trois balles la bonbonne, quine, à la fin !

Sans compter qu'une espèce de petite ogresse aux dents écartées, aux cheveux coupés en brosse et au regard incendiaire s'obstine à me masser la bite ! C'est pas que je sois contre, au départ, mais dis, j'sus pas seulabre. Une merveilleuse m'escorte, belle comme le jour de tes vingt piges, blonde à faire dégueuler la Scandinavie, regard d'eau de roche, taille de sablier ! Et pour le travail à l'horizontale, chapeau ! Excepté celles qui ont fait mieux, j'en ai jamais rencontré de pareille ! Technique et passion ! Avec elle, à chaque séance, t'as droit au parachute ascensionnel ! Elle te démarre, mine de rien, à la nonchalante. Et puis ça devient de plus en plus préoccupant. Et tu te retrouves avec le zigomar farceur au point de fusion sans avoir trop compris ce qui te survenait.

Avec cette déesse en furie, mes nuits sont plus belles que mes jours. En tout cas plus agitées ! Nos

voisins de chambre du *Splendid Hôtel* de Montreux
en savent quelque chose. Tu peux les faire citer à la
barre, ils te raconteront leur insomnie pour cause de
panard hystéro dans la turne d'à côté.

C'est elle, Lola, qui a voulu venir au Festival de la
Rose d'Or, absolument. Une frénétique. Elle raffole
ces groupes de gonziers peinturlurés qui égosillent
dans de la fumée artificielle et des cinglées de laser
lumineux, jouant les sergents-majors de majorettes
avec le micro. Ça les fait mouiller, les jeunes.

Sinatra, c'est fini. Et tous les crooners, crâneurs,
les débiteurs de couplets caramel-pistache. Bien fini.
Ringardisés à tout jamais, ils sont. Magasin d'accessoires. Juste bons pour la « Chance aux Chansons ».
Pont-aux-Dames ! C'est triste. Mais leur vengeance
suit le train.

Les groupes en question sont formidablement
éphémères. Ils existent le temps d'un disque, à la
rigueur d'une saison. Tant tellement ça se bouscule
derrière, avec des chiées d'autres en attente. Des
qu'ont les tifs plus orange et bleus encore ! Des
frimes plus bariolées, clown, des voix d'eunuques
qu'on empale au fer rouge. Surenchère ! Toujours !
« Au fond de l'inconnu pour trouver du nouveau »,
disait Charles (pas de Gaulle : Baudelaire). Du
nouveau, il en surgit sans trêve. Il est inépuisable,
l'homme, surtout dans la déconnance. Il confine au
génie quand il s'agit de trouver de l'hyper-dinguerie.
Il piétine sur le cancer, s'enlise dans le salut du tiers
monde, se ramasse la gueule pour vaincre le chô-
mage. Mais vociférer devant deux mille gentils
glandeurs en transe, alors là, vas-y, Ninette ! C'est
du grand art.

Pour t'en reviendre à ma pomme, je sens mes
jambes qui tournent court. Déjà que des gonzesses
épuisées se sont assises sur mes pinceaux, le nez à

fleur de trous du cul, vaincues par la fatigue. Obligées de déclarer forfait, les pauvrettes, tandis que « The Blow Monkeys » se déferlent sur la scène.

— Tu penses rester jusqu'au bout ? je hurle dans l'oreille de Lola.

La vraie gifle. Elle tourne vers moi un visage dont l'effarement est une réponse. Dites, je suis devenu louf ou quoi ? Ça veut dire quoi « Tu penses rester jusqu'au bout ? ». Qu'on pourrait partir AVANT la fin ? Rater une de ces gesticuleries, une de ces égosillances ? Ne pas renifler jusqu'au bout les saloperies fumigènes et nimbeuses dont on empoétise ces branques ? Y en a un, je vais te dire, il est en maillot de corps, avec de grosses bretelles pardessus. Un nœud pap' à même la peau du cou, Pas rasé depuis lulure. Il porte un feutre noir et il fume le cigare en gratouillant sa guitare en forme d'étoile. Super ! Impec ! Branché à mort ! Ça plane !

J'insiste pas. Me résigne à bloc. Juste que je récite un brin de prière dans un coin d'âme pour implorer le Seigneur que mon calvaire s'achève. S'Il consentait seulement à allumer un début d'incendie quelque part, manière qu'on s'évacue dare-dare. J'ai hâte de m'asseoir, de commander une assiette anglaise, de poser mon soulier droit biscotte la jeune connasse fourbue m'a ankylosé les arpions.

En plus faut se déménager les miches rapidos pour permettre les mouvements de caméras, vu que la télé romande retransmet urbi et orbi « l'événement » ! Alors t'as les assistants coiffés d'énormes écouteurs qui, soudain pris de frénésie, te chargent comme des C.R.S. chiliens un soir de manif à Santiago. Au sommet de leurs praticables télescopiques à roulettes, les cadreurs ressemblent à des automates sur leur socle à musique. On reflue, puis on flue. Les hommes, c'est kif-kif les poissons. Tu

lances une pierre dans un banc de goujons, ça se
disperse. Et immédiatement ça se regroupe. Les
poissecailles reviennent voir de quoi il s'agite. Ils
veulent savoir. Le nombre d'hommes et de poissons
morts de curiosité n'est pas envisageable.

Et bon, on nous présente « Frankie goes to
Hollywood », ce qui me redonne espoir vu qu'ils
sont écrits en plus gros sur le programme. Or, les
vedettes terminent généralement le spectacle. Mais
va-t'en savoir avec les nouvelles mœurs.

La fille aux dents écartées est de nouveau à mon
côté malgré le malaxage de foule. Une tenace. Sa
dextre s'empare de ma braguette. Oh! bon, après
tout, si ça l'amuse, hein? Qu'elle préfère mon paf à
Frankie goes to Hollywood, c'est plutôt flatteur, tu
ne trouves pas?

Elle me dépèce Popaul en deux temps trois
mouvements, la gueuse. Une paluche de fée, je
conviens. Chaude, vibrante, qui te communique un
programme surchoix. Ce qui me défrise, si je puis
dire, ce sont ses cheveux en brosse, probablement
fixés au goudron, car ils sont raides comme mon zob.

Elle me frime d'une œillée qu'en peut plus de
gourmandise exacerbée. Une passionnelle. Un peu
détraquée, ça c'est certain, camée peut-être? Mais
je ne suis pas en service commandé. Sa bouche
rouge-steack s'entrouvre. Elle me montre une menteuse dans les tons praline qu'elle fait aller et venir
entre le collier de nacre de ses ratiches carnassières.
Je lui souris complicement. Alors elle se laisse couler
dans la formidable pieuvre de la populace, pose ses
genoux sur mes pieds, se cramponne à mes mollets
qu'elle étreint farouchement. Me biche l'instrument
avec le clape et commence par un petit air d'harmo-
nica vertical.

Fameux! J'en suis tellement émoustillé que le

révérend zobinche fait des soubresauts. Force lui est
de contenir la bête d'une main ferme. L'alezan ne se
calme pas pour autant et continue ses ruades comme
un qu'est pas encore débourré. Cette fois, elle
m'entonne comme une clarinette.

Sur la scène, ça démène en plein. Dans la salle on
avoisine le panard. Lola, à mon côté, pousse des
glapissements qui vont me la faire haïr, car j'assimile
mal le ridicule et le grotesque me file la gerbe.

Je me penche à nouveau sur elle.

— Tu sais quoi, Lola?

— Non? répond-elle sans savoir si c'est à moi
qu'elle parle ou bien au comte de Monte-Cristo.

— Y a une fille qui est en train de me tailler une
pipe.

Elle réagit pas, se prenant pour l'heure « Frankie
goes to Hollywood » par tous les orifices et lui
consacrant entièrement son potentiel sensoriel et
cérébral.

— Tu as entendu, Lola?

— Hmmm?

— Une gonzesse que je ne connais pas me suce au
milieu de deux mille personnes.

— Formidable! qu'elle exulte, ma greluse.

Ah! merde! Y a pas de remords à entretenir
quand on trimbale une névropathe de ce module!
Un chimpanzé pourrait la sodomiser qu'elle n'en
saurait jamais rien, pâmée comme la voilà.

Je lui prends l'épaule, non par tendresse, mais
pour lutter contre l'ankylose. Je prévois le fléchisse-
ment consécutif au débondage. Je sais pas si t'es
comme moi, mais quand je me laisse déburner
debout, ça me flanque comme un coup de baston sur
les jarrets.

L'ogresse coiffée à la sécotine me pompe à mort.
Moi, je te dis que c'est l'ambiance qui la survolte.

« Frankie goes to Hollywood », comme effet sur sa sensualité, ça vaut tous les aphrodisiaques de l'Inde mystérieuse. Te me dévergonde le goume en moins de jouge. Un pied de collégien, parole ! Express ! La crampe spontanée ! Je lui laisserais même pas le temps de gonfler une roue de vélo. Dix aller-retour et c'est le terminus ; l'arrivée en fanfare.

Juste comme je virgule mon bonheur, la salle trépigne, hurle, que « Bravo, bravo, braaavooo ! ». La première fois de ma vie bien remplie (et bien vidée aussi) que je jouis sous les vivats. Une éjaculation saluée par deux mille pèlerins frénétiques, ça te dope !

L'ogresse se relève, m'adresse un grand sourire luisant et se fond dans la masse. Je rengaine Coquette dans sa niche. Brève rencontre ! J'appelle ça « les péripéties de l'existence ».

Comme je l'avais espéré, ce numéro est le dernier. La foule, vannée mais heureuse, commence à se retirer en bon ordre, sans bousculade. Chacun rumine déjà la féerie qu'il vient d'emmagasiner.

Dans un restau près du Casino on se cogne l'assiette anglaise de mes rêves : cuisse de poulet blême unijambiste, tranche extra-mince de veau pâlichon, tranche de rosbif nerveuse-mais-bien, tranche de jambon-buvard, cornichons, oignons. Le tout arrosé d'une boutanche de Dôle des Chevaliers.

Lola, ma belle Lola, ne tarit pas d'éloges sur le programme. Franchement, ça valait le voyage. Elle a raffolé le groupe « Propaganda », bien qu'il soit germanique, et puis « Belouis Some », et aussi...

Classe, bon Dieu ! Elle va pas me briser les nouilles avec sa *Golden Rose* après qu'on se la soit respirée pendant des plombes ! Ce qu'ils sont pognants, les gens à marotte ! Une vraie colique

néphrétique ! Faut leur subir toutes les lubies.
Entrer dans leur jeu au pas cadencé. Bien faire mine
de s'intéresser à leurs délirades, que sinon ils font la
gueule, pensant que tu ne les aimes plus !

Je l'écoute célébrer cette équipe de vociféreurs
électrifiés. Je dis « Oh ! là, tu penses », « Et
comment ! », « Tout à fait d'accord avec toi ! », pour
lui baliser le bonheur, asphalter la voie royale de son
panard géant.

Les individus, dans le fond, mouillent pour pas
grand-chose. C'est vite lubrifié, un slip.

Je torche mon godet jusqu'à l'ultime goutte, en
mémoire de papa qui disait chaque fois : « Ça été
une graine de raisin et des gens se sont abîmé les
reins à la cueillir. »

Et puis on se lève et on gagne à pincebroque notre
hôtel. Y a encore plein de jeunots en vadrouillance
dans Montreux. Curieuse ville aux relents de Côte
d'Azur d'avant-guerre. Tu t'attendrais davantage à
des orchestres de palace qu'à des concerts rock. Ça
devait y aller de l'archet, jadis, à l'époque fremeton,
derrière les façades baroques. *Fascination* plein gaz.
Les Millions d'Arlequin. Sirop et resirop.

Une fois dans notre carrée avec vue sur le lac,
Lola retrouve ses instincts de femelle. Elle pense à la
pointe et à toutes les jolies petites *combinazione* que
je place autour pour faire plus joyce. J'ai droit à ses
beaux bras autour de mon cou, à sa menteuse
fouineuse qui me recompte les chailles et me
contrôle les plombages.

Ensuite, c'est le décarpillage lent et audacieux,
toujours enlacés. Pas commode de se déloquer
mutuellement quand on a les groins soudés et le bas-
ventre qui réclame la lonche en sourd-muet.

Je lui déboutonne sa veste de tailleur, elle me
réciproque ça avec mon veston. Après, c'est le tour

de son chemisier et de ma limouille. Puis jupe et
bénouze se font la paire.

On s'attaque alors aux pièces maîtresses : soutien-
loloches et slip.

Tout à couille, la v'là qu'arrête de me manœuvrer
et qui s'écarte de moi. Elle tient un mouchoir blanc
sur lequel des lignes ont été tracées au crayon bille.

— Qu'est-ce que c'est que ça ? me demande-t-
elle.

— J'en sais rien, lui réponds-je.

— Comment tu n'en sais rien ! C'était dans ton
slip !

— Dans mon slip ?

— Des gens y ont accès sans que tu le saches ?

— Ce doit être la fille qui m'a taillé une pipe au
casino pendant le charivari.

Elle bondit :

— Une fille t'a pompé le nœud !

— Je te l'ai dit, et je te l'ai même montrée ;
seulement tu n'avais d'yeux et d'oreilles que pour tes
guignolets.

Furax, elle me lance un coup de latte dans le tibia.

— Espèce de dégueulasse ! Te laisser sucer en
plein concert ! Tu me dégoûtes !

— Ecoute, poulette, fais-moi plaisir, n'appelle
plus « concert » ces bombardements en piqué ! Une
follingue s'en est pris à ma braguette ; j'ai trouvé la
chose cocasse. Une pipe au milieu de deux mille
branques et personne ne s'en aperçoit, pas même toi
que je tenais par la taille, c'est riche à vivre, non ?

J'éclate de rire. Sa colère baisse un peu. Elle
continue de bouder et de me traiter de salaud, mais
le cœur n'y est plus. Je biche le mouchoir qu'elle a
mis en boule dans sa main, le déplie, le lisse sur un
coin de table pour dégager le message. Il est rédigé
en anglais. Je lis :

Pendant la séance de demain, le casino sautera.
Essayez donc d'empêcher ça.

Lola regarde les lignes à l'encre bleue. Mais elle
ne comprend pas l'angliche. A preuve, elle grince :

— Cette foutue garce te file un rendez-vous,
hein ?

Je hausse les épaules.

— D'une certaine façon, oui.

— Salope ! Je la crèverai !

Comme quoi en jalousie, il n'existe pas de femme
bien élevée.

— C'est ça, dis-je, et je te porterai des oranges au
parloir.

Une éblouissante troussée à bâton rompu lui fait
oublier ses funestes projets.

Elle dort, comme jetée en travers du lit, avec juste
un bout de drap chiffonné sur les mollets, abandon-
née et belle dans une précaire innocence retrouvée.
Son exquis fessier constitue le plus délicieux des
oreillers. Je lui confie ma nuque pour terminer un
brimborion de sommeil collé à mes paupières. Mais
la cruelle réalité est déjà en moi, implacable comme
une maladie grave.

Au bout de moins que ça, je me lève et passe me
refaire dans la salle de bains. Par le fenestron, je
peux admirer le lac couleur perle, avec des mouettes
peu muettes chahutées par la brise de mai. De
l'autre côté, c'est la France et ses montagnes aux
sommets desquelles s'attarde la neige.

En prenant ma douche, je repense au mouchoir.
Drôle de façon d'acheminer le courrier. T'imagines
ton facteur qui commencerait par te turluter le
gourdin avant de t'enquiller son paxif de lettres dans
le kangourou ?

S'agit-il d'une blague ? Possible, voire probable,

mais comme il ne faut rien négliger, je décide de transmettre le curieux message à mes collègues vaudois, sans leur préciser la manière dont il m'est parvenu.

Comme ma Lola d'amour continue d'en écraser, je me saboule princier et quitte la carrée pour aller prendre mon petit déje dans une brasserie proximiteuse.

J'attaque mon second croissant quand une moto stoppe devant l'établissement. Une Nagasaki flambant neuve, bleue et chromée. Deux Martiens en descendent. Un homme et une fille casqués, fringués de cuir. Ils placent leur bolide sur sa béquille, l'enchaînent et arrachent leurs casques. La gonzesse n'est autre que la petite délurée qui m'a taillé cet excellent calumet au casino, hier (le calumet de l'happé, si tu veux bien m'autoriser à ne pas rater ça !).

Le couple pénètre dans le grand bistacle. Je n'ai que le temps d'ouvrir le journal posé sur ma table et fixé, comme partout dans les troquets helvétiques, à un long manche de bois, ce qui en rend la lecture malaisée quand on n'a pas son brevet de pilote.

La pipeuse et son mec s'installent à une table éloignée de la mienne. Le garçon est un grand baraqué aux tifs longs et frisés, au teint basané, au regard clair. Le gars mégnace, fils unique, aîné et préféré de Félicie, échafaude un bigntz immédiat dans sa belle cervelle en forme de chair de noix géante, depuis longtemps retenue par la faculté de médecine de Paris qui me l'a achetée en viager.

Heureusement, ma dégusteuse me tourne le dos. Mine d'aryen, je me détable pour gagner le téléphone dans les coulisses de la brasserie. J'appelle mon hôtel, réclame ma chambre et la voix furax de Lola m'explose dans les cornets :

— C'est gai de se réveiller toute seule, sans trouver le moindre mot.

— Calmos, môme, n'oublie pas que je suis un poulet d'élite toujours sur la brèche.

— La brèche de mon cul, oui ! glapit Lola.

— C'est ma préférée ; tu en es où de ta toilette ?

— Je ne l'ai pas commencée.

— Laisse quimper, saute dans tes fringues, puis dans la bagnole que j'ai louée à Genève Cointrin et rends-moi un super-service.

— Où es-tu ?

— A deux pas, dans un grand café qui s'appelle *Les Flots bleus*. Devant l'établissement, tu vas voir une grosse moto bleue. Débrouille-toi pour l'emboutir.

— Quouaâ ?

— T'occupe pas, je suis assuré tous risques. Tu fais mine de vouloir te garer, tu manœuvres comme une gourde et t'emplâtres l'engin, O.K. ? Je veux que la péteuse dérouille. Le tout beau chtar bien saignant, tu piges ?

— Alors toi, y a que toi ! bégaie-t-elle.

— Je sais, dis-je, aussi il ne faut pas me laisser perdre. Le propriétaire de la moto est dans le bistrot ; il sortira en bramant. Fais-lui du charme et procédez aux constatations ; propose-lui d'appeler la police, ça m'étonnerait qu'il accepte.

— Il est beau gosse ?

— Pas mal quand on aime le genre loubard. Grouille-toi, il va sûrement pas se commander une raclette et un soufflé au Grand Marnier à cette heure matinale.

Je raccroche et regagne subrepticement ma place. Derrière le paravent du journal à manche, j'observe le couple. C'est gonflant qu'il débarque pile dans le café où j'écluse mon caoua, non ? Tu crois qu'ils surveillaient mon hôtel et qu'ils m'ont filoché jusqu'à la brasserie, toi ? Ben moi, pas ! Là, c'est le hasard, rien que le hasard, ce vieux pote à moi. Je te parie un plat de mes couilles aux giroles contre le dentier ébréché de ta grand-mère que ces retrouvailles matinales entre la fille et moi sont fortuites. Le bol ! Des ondes qui nous manipulent secrètement. Tu crois avoir ton libre arbitre, tu penses que tu décides, mais non : quelqu'un ou quelque chose prend les initiatives et tu ne fais que t'y conformer sans le vouloir.

Les deux cavaliers de l'apocalypse prennent du thé avec des toasts beurre-confiture. Ils sont encore ensommeillés. La manière laborieuse dont ils clapent, leur mutisme pâteux, leurs regards qui capotent...

J'attends, évaluant les déplacements de Lola. Elle a déjà enfilé son jean et son tee-shirt représentant Donald en gros plan. Ses baskets... Voilà. Maintenant sa grosse veste de laine versicolore... Très bien. Ah ! elle allait sortir sans ses fafs ! Bon, alors son sac en bandoulière. Parée ? Conne ! Et les clés de la tire, dis ? Oui, sur le marbre de la commode. En route ! Elle attend l'ascenseur bien que nous fussions au second laitage ; mais la vie présente est basée sur la flemme, je t'apprends rien. Y a deux Japonouilles et un couple d'Anglais qui poireautent déjà. L'ascenseur a une capacité de six personnes, s'il y a déjà du trèpe dedans, compte pas sur les Japs pour te laisser la place, ma vieille ! Quant aux Rosbifs...

Ça y est, là voilà en bas. Elle va déposer la clé de notre piaule au concierge qui la gratifie d'un « Bonne journéye, mademoiselle » on ne peut plus aimable. Le parkinge dans le sous-sol. Tu vas la reconnaître, notre guinde, au moins, connasse ? Une Pigeot 205 rouge, bas de caisse noir. Là-bas, près du pilier de soutènement. Oui : près de la grosse Mercedes jaune. Inutile de t'escrimer sur la serrure : je l'ai pas fermée à clé. En Suisse, on peut avoir confiance, tu penses !

Voilà, démarre. Ça tourne bien ces jolis petits moulins, hein ? La rampe ! Emballe pas le moteur comme une vachasse, bordel ! Elle me fait patiner l'embrayage, cette morue. Note qu'ils répareront tout le circus après l'emplâtrage réclamé.

La voilà qui jaillit. Elle se repère. Aperçoit les *Flots bleus,* là-bas. La moto bleue. Ça te fait plaisir de carnager un peu, la mère ? On a tous un peu de vandalisme qui somnole dans nos recoins. Appuie ! Je tends l'oreille. Crois percevoir le ronflement rageur de la petite tire. Coup de frein, et blaouf ! Elle a pas chialé sa peine, Lola. Et même elle a pris des risques parce que c'était pas évident de télescoper ce tas de ferraille à cette allure ! La moto valdingue sur le trottoir. Bris de verre ! Le heurt de la tôle contre toutes les biduleries de la Nagasaki est une musique que je reconnaîtrais même par téléphone.

— Nom de Dieu ! crie le copain de ma suceuse en s'élançant.

Il a renversé son thé. Ça dégouline de la table. Sa môme n'a pas bien réalisé le topo. Elle regarde à l'extérieur, hésite à sortir, se lève à demi...

— Non, laisse-les se débrouiller, chérie, je lui fais en m'asseyant en face d'elle à la place qu'occupait son compagnon.

Dans sa combinaison de cuir, elle ressemble à une otarie. Sa tignasse en brosse n'a pas été gominée et mollasse sur sa tête à demi rasée. Je remarque qu'elle a deux gros grains de beauté sur la frime. L'un au menton, l'autre près de la narine droite. Ça fait comme deux boutons pression. A la lumière du

jour, on se rend compte que si elle ne se mutilait pas
avec ses punk-simagrées, elle serait pas plus locdue
qu'une autre.

Mon arrivée intempestive ne la trouble pas outre
mesure. Il lui reste beaucoup de son maquillage de la
veille. Pas très soignée, la môme. Les fonds de teint
se sont délayés, ça forme sur sa petite gueule comme
des ecchymoses verdâtres virant au bleu.

Je tire de ma vague le mouchoir utilisé comme
papier à lettres.

— J'ai bien trouvé votre bafouille, fais-je. Merci,
facteur.

Elle sourit.

— Vous êtes pas fâché ?

— Non, pourquoi ?

— Y a pas de conneries écrites dessus ?

— Vous n'avez pas lu ?

— Comment je pourrais ? Je cause aucune langue
étrangère. C'est de l'anglais, non ?

Le plus fort c'est qu'elle semble sincère. Ses yeux
barbouillés contiennent toute la candeur du monde,
plus une partie de la candeur lunaire.

— Expliquez-moi un peu pourquoi vous m'avez
collé ce tire-gomme dans le slip, ma jolie.

Elle pouffe.

— C'est un gage.

— Comment ça ?

— Une copine à moi m'a mise au défi de placer ce
mouchoir dans votre slip avant la fin du spectacle.

— Oh ! bon, et moi qui croyais que votre indicible
pipe résultait d'un coup de cœur !

Elle me cligne de l'œil.

— Je dis pas que ç'a été désagréable ; un braque
comme le vôtre, on n'en pompe pas tous les jours.

Elle regarde à l'extérieur où son julot invective ma
pauvre Lola à s'en faire craquer les cordes vocales.

— Il est teigneux, note-t-elle ; sa moto, c'est sacré. Soyez gentil : ne restez pas à ma table, sinon il risque de piquer sa crise. Y a pas plus jalmince que Karim.

— Et vous, quel est votre nom ?

— On m'appelle Mandoline.

— Et l'état civil vous appelle comment, lui ?

— Quelle importance ? Vous voulez pas m'épouser ?

— Pas aujourd'hui, non, j'ai des rendez-vous d'affaires. La copine qui vous a donné ce gage qui fut si divin pour moi, c'est quoi, son blaze ?

— Décidément, vous voulez tout savoir !

— Tout, non : juste l'essentiel. Alors ?

— Elle, c'est Pâquerette.

— Je veux sa véritable identité.

— A cause du mouchoir ?

— Peut-être.

— Y a des conneries de marquées dessus ?

— J'espère. Si vous ne répondez pas, c'est à votre grand plumeau que je vais poser la question.

— Holà ! doucement, vous fâchez pas. Pâquerette, son vrai nom, c'est Mathilde Ralousse.

— Vous êtes français, dans votre équipe ?

— A part Karim qu'est un Beur.

— Vous venez de Paname ?

— Bien sûr ! 18, rue Maurice-Rheims, à Vanves.

— Et où créchez-vous à Montreux ?

— On s'entasse chez un pote à Karim qui est plongeur dans un restaurant d'ici.

— Il s'appelle comment et il habite où ?

Elle explose.

— Vous en faites des histoires, juste pour une toute petite blague ! Elle était bidon, ma pipe ? Non, hein ? Je vous ai fignolé complet ; vous pourriez m'en être un tout petit peu reconnaissant, non ?

— Le nom du plongeur et son adresse ! fais-je en lui bichant le corsage à pleine main et en la foudroyant d'un regard qui flanquerait des tics au docteur Petiot.

— Mohamed Loubji, 15, rue Terrasse-Fleurie. Vous, alors, vous exagérez.

— Ton Karim, il n'assistait pas au spectacle, hier soir ?

— Vous pensez bien que non. Il est arrivé tôt ce matin, moi je suis venue avec Pâquerette et son copain, en bagnole.

— Où est-elle, ta Pâquerette, en ce moment ?

— Elle roupille ; on s'est vagués à cinq plombes.

— Et vous allez où, Karim et toi ?

— On buvait un jus avant d'aller tirer un coup en campagne. Il adore limer dans les forêts.

— C'est un bucolique ?

— Faites gaffe, le v'là.

Je retourne à ma table, perplexe en plein. Cette gamine me bidonne-t-elle ou pas ? Son histoire du gage, c'est trop con pour être inventé.

Peut-être que je pourrais aller dire bonjour à Pâquerette, tu ne crois pas ?

— J'ai cru qu'il allait me mettre une avoinée, ce sale con ! fulmine Lola un peu plus tard ; sa bécane il la vénère mille fois plus que sa mère.

— Elle a beaucoup de dégâts ?

— Le carénage qui est meurtri, le guidon faussé, le porte-bagages écrasé ; je te répète ce qu'il a dit. Mais il n'a pas fait de difficultés pour établir le constat. Au contraire, c'est lui qui voulait qu'on appelle les flics.

— Et tu l'as fait renoncer ?

— Je lui ai fait remarquer que nous étions domiciliés en France, lui et moi, et qu'on n'avait pas besoin des poulets suisses pour régler une banale histoire d'assurance. Il a fini par en convenir.

— Tu as ses coordonnées ?

— Tiens !

Elle me présente un double de la déclaration de sinistre établie par les deux parties. Sur le document, il est dit que le motard se nomme Karim Moktar, domicilié à Vanves. Employé comme ajusteur par les Etablissements Tuboy Duvain d'Ivry-sur-Seine.

— Tu as vu ses papiers ?

— Oui. Il avait même sa dernière feuille de paie dans sa carte d'identité.

J'empoche le faf.

— Merci, tu as été de première.

— Maintenant, j'attends tes explications, me déclare péremptoirement Lola.

— C'est cela, je lui réponds ; et pendant que tu les attends, moi je vais faire une course.

Contrairement à son nom champêtre, la rue Terrasse-Fleurie n'a rien de bandant. C'est une venelle terminée par des escaliers, entre deux murailles grises, près de la gare.

Montreux est une ville pimpante, aux couleurs neuves, où s'érigent des hôtels modernes, généralement en marbre. Il reste fort peu de bâtiments sinistres, pourtant, il s'en trouve encore, la preuve.

Le 15 est une bicoque délabrée, d'un jaune pisseux, promise à une imminente démolition. Un côté des murs, celui qui donne sur le vide, a été étayé avec d'énormes madriers entrecroisés. La bâtisse comporte deux étages. Toutes les fenêtres — celles du rez-de-chaussée exceptées — sont aveuglées avec des planches. Une courette large de deux mètres, close par une grille rouillée, protégeait jadis

la maison, seulement, depuis lulure, la porte de fer
pend sur son gond inférieur.

Si bien que je me présente sans problème devant
celle de la masure. Elle est en bois, celle-là, mais
privée de serrure. Ma progression est donc aisée,
comme l'écrirait mon illustre confrère Simon Neu-
bandet, qui vient de recevoir le Nobel par lettre
express avec accusé de déception.

Un couloir d'une sombreté et d'une malodorance
angoissantes. Au fond, c'est écroulé et des arbustes
frivoles se sont mis à pousser dans les gravats. Une
ruine pareille dans une ville aussi merveilleusement
entretenue résulte probablement d'une histoire de
succession cacateuse.

Une seule lourde, noire dans le noir, s'offre à bibi.
Je plaque l'ouïe à l'huis. Ne perçois rien. Frappe.
Toujours rien. Qu'alors, je sors mon nouveau
sésame (1) pour cricraquer la serrure. Celle-ci est
tellement navrante, tellement évasive et ridicule que
mon appareil lui crache dans le pêne et qu'elle
s'actionne sans barguigner.

La puanteur change de qualité. Dehors, ça puait
la masure pourrissante, dedans ça fouette les corps
entassés et la bouffe refroidie.

Pourtant, ils ne sont plus que deux dans un
renfoncement de la pièce, à pioncer, à demi nus sur
un matelas posé à même le plancher. Un homme,
une femme. Mais il ne s'agit ni d'Anouk Aimé ni de
Trintignant. La fille est un gros boudin blanchâtre à
bourrelets culiers aux crins totalement rasés avec
une énorme monture de lunettes tatouée autour des

---

(1) Le premier, je l'ai brisé dans *Fais pas dans le porno...*, un
ouvrage superbe qu'a déjà été traduit en wallon et en romand et
que, si t'es pas un vrai authentique connard, tu vas courir acheter ;
des fois que les Chinois arriveraient plus vite que prévu.

seins. Faire un gag de son corps, c'est cracher à la face du Seigneur, moi qui suis d'un naturel bien-pensant, je l'affirme hautement.

Ces deux grosses doudounes blêmes et veinées de bleu me flanquent la gerbe, ainsi dérisées (1). J'ai honte. Toujours quand mes semblables se défigurent, se désâment, se décorpsent. Honte pour l'espèce à laquelle j'appartiens et qui périclite délibérément, par jeu, par non-croyance en elle-même, par infinie sottise.

Miss Pâquerette dort nue, ce qui est son droit, auprès d'un type roux, également nu. Ce mec a la peau rouge constellée de taches velues. Sa coiffure défie l'entendement. Tu connais cette coupe dite « aux enfants d'Edouard » (2) ? Tempes rasées, tifs taillés en forme de calotte. Mais ce qui singularise l'ensemble, c'est la mèche interminable style Attila, qui part du sommet et lui tombe sur les épaules.

L'homme peut avoir une trentaine d'années et sa gueule de raie est cisaillée par une profonde cicatrice qui lui va de la pommette à l'oreille. Cette cicatrice désagréable, d'un rose écœurant, résulte d'une blessure que je lui ai infligée il y a trois ou quatre ans avec un tesson de bouteille. Le type n'est autre qu'un ancien « client » à moi : Ted of London, un vilain plutôt redoutable qui magouillait dans les milieux de la drogue et que j'ai sauté, un beau soir où la castagne volait bas.

Comme il prétendait me planter son surin dans la viande, j'avais dû le ramener à la raison avec les moyens du bord, à savoir une bouteille de champ' heureusement vide que j'avais fracassée sur un coin de table.

---

(1) Du verbe tournerendérision.
(2) Et non pas « aux enfants des douars ».

Les hardes du couple gisent à terre, dans un pêle-mêle qui révèle la biture dont étaient crédités (1) les amants.

Moi, boulot oblige, je commence par palper ces fringues, et bien m'en prend puisque je découvre un flingue de petit calibre dans le jean de Ted. Il passe de sa poche dans la mienne. Après quoi j'essaie de trouver un siège point trop branlant pour lui confier les deux fesses qui me servent de cul.

Et me voilà installé, jambes croisées, face aux deux endormis. Position de force. Je note combien des individus qui roupillent sont affaiblis, pitoyables et un tantisoit ridicules.

Je compte que ma présence va les arracher des vapes, mais ils ont dû biberonner à mort, ou bien se camer comme des fous, car ils restent en totale léthargie.

Comme je n'entends pas passer la journée en contemplation devant ces deux zozos, je me penche pour chatouiller la plante des pieds de Ted of London. Vu l'état de ses pinceaux, je n'use pas directement de mes doigts, mais d'un brin de paille prélevé sur ma chaise.

Le pionceur importuné commence à remuer ses panards, puis il grogne des importunances, et enfin ouvre un œil nauséabond. Lui faut un bout de moment pour recouvrer sa lucidité. Il en croit mal ses châsses de me voir assis à son chevet.

— Salut, Rosbif, je lui lance. T'as pas l'éclat du neuf, ce matin, on dirait. Gueule de bois ou drogue dure ?

(1) Mot en faveur chez les journalistes sportifs qui créditent le « Paris-Saint-Germain » d'un score fleuve, Hinault de « l'exploit du jour dans le Tour », et le président Dunœud des « meilleures intentions ».

Il a un geste pudique pour se cacher les roupettes de ses deux mains. Mais une seule suffirait car son zoizeau n'a rien de l'aigle des Andes, ce morninge. Il donne plus volontiers dans la noix de cajou.

Je poursuis, aimable :

— D'après ce que je constate, tu t'en es bien sorti aux assiettes. Déjà en vadrouille ! T'as tiré combien de marquotins, mon drôlet ?

Il répond enfin :

— Dix-huit

— Ils t'ont fait n prix d'aminche !

— J'ai eu une remise de peine.

— Voilà ce que c'est que d'être sage.

— Qu'est-ce que vous me voulez ?

— Deux mots d'explication.

J'agite le mouchoir-message devant son pif.

— C'est toi qui as écrit ça, n'est-ce pas ? Surtout ne nie pas, sinon je t'emporte chez mes collègues vaudois. Ils te font faire des pages d'écriture. Ils soumettent l'ensemble à un expert, tout ça... On constate que tu es bien l'auteur de cette babille et te revoilà dans les tracasseries, helvétiques cette fois. Les Suisses, faut reconnaître, ils sont accueillants, mais ils détestent les fouteurs de merde, faut les comprendre : quand tu aimes la paix, tu la défends avec énergie, c'est logique.

Mon clille tire son nez et ne répond pas.

— Alors, Teddy, ça veut dire quoi, ce mouchoir ?

Il hausse les épaules.

— Une blague. Je vous ai reconnu, hier à la Rose d'Or. Et j'ai voulu...

— Petit rancuneux !

Le bruit de notre converse éveille la mère Pâquerette (en l'eau cul rance ce serait plutôt un dahlia qu'elle évoquerait). Ma présence la trouble comme une goutte d'eau trouble le Ricard le plus pur. Elle

se séante et ses vingt kilogrammes de nichons
plouffent sur son ventre à replis. Du coup, les
lunettes tatouées adoptent un regard de myope.

— Salut, bouffie, la salue-je galamment ; sois
gentille : cache ta triperie ! Le matin, les abats me
portent au cœur !

Elle relève un bout de drap qui traînait par là sur
sa poitrine gélatineuse.

Une docile. Plutôt une soumise. La môme idéale
pour devenir pute professionnelle. Elle se trouve
dans l'antichambre de la prostitution, Pâquerette.
Un pas de plus et elle met le pied dedans, comme toi
dans une merde quand tu vas acheter le journal.

— Donc, reviens-je à Ted, il s'agit d'une blague ?
Tu m'as vu à la Rose d'Or. Tu te dis : « Tiens, ce
salaud de flic à qui je dois la belle cicatrice qui ajoute
tant à mon charme, prend du bon temps avec une
gerce, je vais lui jouer un tour ». Tu tires ton
mouchoir, tu écris ce message mystérieux et inquié-
tant. Tu charges ta rombiasse de me le faire tenir
sans m'alerter. Cette grosse charrette, pas sûre
d'elle, transmet le flambeau à la copine délurée qui
vous accompagne. Et, effectivement, ta babille sur
fil d'Ecosse arrive à bon port. O.K. ? C'est la version
qu'on enregistre, tout est bon, y a pas de virgule à
changer dans le texte ?

— C'est l'exacte vérité ! répond Ted of London
avec son léger accent.

— Bon, O.K., alors saboulez-vous, les deux, et
suivez-moi.

— Où ça ?

— Jusqu'à mon hôtel, c'est plus confortable
qu'ici.

— Pour y faire quoi ? s'inquiète Ted.

— Pas une partouze, rassure-toi, ton brancard me

ferait dégoder. Faut être english pour pouvoir s'embourber ce catafalque de bidoche pas nette !

J'ai débité la dernière réplique en anglais, pas désobliger la grosse. Tu connais ma galanterie légendaire ?

Le couple se lève, sans trop de pudeur, et se loque avec mornitude. Ted est blafard sous sa rouquinerie. Il a des cils de porc, comme ceux dont se servent les artistes chinois pour peindre sur un grain de riz la conquête de Pékin par les Mandchous en 1644. En passant son jean, je le vois qui en palpe les vagues.

— Non, tu ne l'as pas perdu, lui fais-je ; c'est moi qui l'ai.

Il renfrogne et ne pipe plus.

Une qui ouvre des vasistas grand comme l'entrée principale de Saint-Pierre de Rome en nous voyant radiner tous les trois, c'est ma miss Lola.

Elle me questionne du regard.

Et moi, pas la laisser dépérir de curieusance :

— Ce sont les amis qui m'ont carré dans la braguette le message que tu sais !

Du coup, la v'là qu'ébullitionne. Elle louche sur Pâquerette.

— C'est cette morue qui t'a pompé ?

— Non, une de ses amies beaucoup plus souple.

— Et on va faire quoi ?

— Commander à bouffer, ils ont un *room service* à l'hôtel. J'ai lu le menu dans l'ascenseur, je serais assez pour de la viande des grisons et des filets de perche meunière, pas vous, mes amis ? C'est bon et léger pour le déjeuner. Ça ne vous abîme pas l'après-midi. Un coup de fendant pour arroser le tout et nous serons en pleine forme pour faire quelques parties de rami dans l'après-midi.

Lola pige de moins en moins.

— On va passer notre vie avec ces gens-là ! s'indigne-t-elle.

— Non, rassure-toi. On reste ensemble jusqu'au spectacle de ce soir. Nous irons à la Rose d'Or tous les quatre ; et ensuite, si nous sommes encore vivants, nous nous séparerons. O.K., Teddy ?

Il me regarde et hausse les épaules.

— Comme vous voudrez, commissaire.

TOUJOURS A MOI QUE ÇA ARRIVE!

Ces dames refusant de jouer aux cartes, nous
fîmes un poker, Ted et moi. Il trichait à la grecque,
ce qui est rare pour un natif de la Grande Albion de
mes fesses et m'épongea cinq cents francs. Et cinq
cents vrais francs : pas des français ni des belges, des
suisses. Tu avoueras qu'il n'est pas commun qu'un
flic se fasse secouer sa fraîche par le malfrat qu'il
surveille. Mais je ne suis pas n'importe quel poulet,
tu l'auras déjà pressenti.

La journée se déroula dans une torpeur un peu
cafardeuse, sous un ciel où le soleil se laissait biter
par des floconneries de nuages. Les cris acides des
mouettes ajoutaient à la mélancolie ambiante.
J'avais déjà vécu des moments de ce tonneau au
(long) cours de veillées funèbres consacrées à des
gens qui ne me touchaient pas de trop près. Entre
autres, après le décès de la mère Dunkerque, une
voisine presque impotente qui se prénommait Rose
(car c'est la rose l'impotente).

M'man s'était occupée d'elle sur la fin de ses
jours. Elle ressemblait à une baleine échouée sur la
grève de son plumard, la mère Dunkerque. Des
bajoues à n'en plus finir, des nichons plein le lit, un
ventre qui foirait tout azimut. Elle matait sa téloche

toute la sainte journée, en actionnant constamment,
les boutons de la télécommande, sans jamais se fixer
sur un programme. Une butineuse d'ondes hert-
ziennes ! Et puis elle était clamsée gentiment, un
après-midi d'automne (c'était peut-être le prin-
temps, mais quand tu meurs, c'est toujours l'automne). On l'avait veillée en compagnie d'un autre
voisin serviable.

Au début, on avait essayé de parler d'elle, mais il
n'y avait pas grand-chose à en dire. Ensuite on était
allés chercher à boire et la converse s'était orientée
sur des sujets plus ambitieux, plus généraux, aussi :
la politique, le bout de guerre en cours dans un coin
du globe (si on peut parler de « coin »), les films...
La nuit faisait du sur place, tout comme la pauvre
mère Dunkerque emplâtrée dans sa mort, avec un
brin de buis entre ses doigts de glace.

La ronde des heures...

Et enfin l'aube ! L'aube pour nous tout seuls. La
vieille, elle continuait sa route dans la nuit noire. On
avait été bien heureux de la larguer pour retourner
vivre ailleurs. L'existence, ça vous mène pire qu'une
envie de pisser. Vachement tenace, vachement
chiendent !

Et nous voilà dans la grande salle, à nouveau, les
quatre. Compressés par la meute, bousculés par les
gonziers de la tévé aux prises avec leur matériel
sophistiqué. Moi, franchement, je les trouve bien
plus intéressants à regarder que les guignolos en
éruption sur les scènes, avec leurs guitares à haute
tension en guise de bouclier, leurs fringues de cuir,
leurs tignasses rasées boule ou teintes en violet.

Y a déjà une fumée d'après coup de grisou.
Comment ils deviennent pas tubars à qui mieux
mieux, les mômes, toujours à draguer dans ces

atmosphères vénéneuses? Le Bon Dieu, tu crois? Oui, probable; y a pas d'autres explicances.

Bon, et alors le groupe Monzob succède au groupe Témiche, le groupe Sabite au groupe Voburnes, et rien ne se passe. Ça chauffe à outrance. Le public délire, les formations disjonctent. Panne de courant. Ça naze aussitôt, biscotte sans la fée électricité, t'as plus de chanteurs et plus d'instruments vu qu'on ne chauffe pas encore les sonos au charbon ou au gaz de Lacq.

L'incident me donne à penser qu'il va se passer peut-être bien un machin-chose carabiné. Mais non. Un type promet que le jus va reviendre. Un groupe (électrogène celui-là) de secours dispense une clarté d'urinoirs suffisante pour qu'on puisse s'entre-défrimer. Les garçons en profitent pour lutiner les filles. Le grand Noir coiffé à la casque romain, qui égosillait au micro, vêtu d'une veste en panthère joue de son sourire fluo, en attendant que sa voix lui soit rendue.

Quelques minutes de confusion et puis la *luce* revient; les braguettes se referment, un immense « Aaaaahhhh » de satisfaction passe dans l'assistance et le spectacle repart.

Lola biche à mort. Cette fois, chatte échaudée craignant la main putassière, elle garde sa dextre devant le décolleté de mon bénouze, prête à faire jouer le flagrant délit si une nouvelle gerce s'aventurait dans ma zone sud. Mais on me laisse ma virginité. Tiens, au fait, je n'ai pas aperçu Mandoline, non plus que son mec.

Fin du gala!

Ovations. La foule se retire sans précipitance excessive.

Ted attend que nous soyons dans le hall pour se tourner vers moi.

— Alors? il murmure, c'est bon, oui, on peut vivre sa vie?

— *Yes, Sir*. Mais ne t'en prends qu'à toi d'avoir paumé votre après-midi, une autre fois, ça t'évitera peut-être de faire des blagues.

Il hoche la tête.

— O.K.

Il se fond dans la populace en cramponnant sa Pâquerette par la tige.

— Tu viens? me dit Lola.

— Si on éclusait une bibine au bar? Je suis déshydraté comme un baril de morue.

— Tu boiras à l'hôtel, il est à cinq minutes.

Je la connais. Elle a hâte de retrouver son coup de bitoune, la jolie. C'est la détente d'après l'excitation du spectacle. Le même refrain, toujours : *Amour, tu me bourres!* Mais moi, je ne sais pourquoi, j'ai besoin de m'attarder dans le Palais du Festival. Concerto pour flic et enquête. Un côté malcontent en moi, tarabustant. Il empiète sur ma joie de vivre.

— Ecoute, on n'est pas aux pièces, ma chérie. Nous avons toute la nuit pour refaire connaissance. Tu sais que le désir s'accroît quand l'effet se recule?

Elle sourit, vaincue.

— Comme tu voudras.

Et bon, on se faufile entre des bouffeurs de frites belges, des écluseurs de décis romands, des déconneurs français. Un bout de table, près d'une colonne. Ça nous suffit. Le brouhaha décrescende un peu. La musique adoucit les mœurs et amollit les muscles (je te cause de celle d'aujourd'hui).

Lola, songeuse, repasse par la pensée ses chères vedettes. Que tiens, regarde là-bas, avec sa veste élimée, son mégot de cigare et son large feutre taupé, c'est bien Zigomar, le Condor des Andes, non? Il est avec sa partenaire Centurione 10, celle

qui est loquée en garçon de café, avec un nœud pap'
à même le cou et un pantalon fendu de côté, pour
laisser apprécier la longueur des jambes et le pom-
melé de ses noix.

— Je vais lui demander un autographe ! hulule
Lola en se précipitant si tant violemment qu'elle me
virgule son martini-gin sur le grimpant.

Bordel de connasse ! Non mais, qu'est-ce qui
m'arrive de consacrer des instants de ma vie à cette
espèce de midinette aphrodisiée !

Me voilà en partance pour les goguenuches,
histoire de me désinistrer un peu le falzar. Juste
comme j'en ressors, je vois radiner deux infirmiers
qui trimbalent un brancard provisoirement vide. Ils
sont guidés par un monsieur, le gendarme d'ici, un
grand, *very* bioutifoule dans son uniforme verdâtre
et sous son kibour à liséré rouge.

Tu me connais ? Mouche à merde, l'Antonio. Une
charogne en perspective et j'accours ! Je leur file le
train des équipages.

Dans la salle encore allumée, sous le renfoncement de la tribune, il y a un rassemblement de
quelques personnes parmi lesquelles des perdreaux.
Ces messieurs et dames sont penchés sur le corps
d'un homme extrêmement mort. Un type d'une
quarantaine d'années, d'une élégance désinvolte. Il
est vachement crayeux de teint, le défunt. Les
personnes présentes s'entre-expliquent pour s'entre-
révéler qu'il a dû périr d'une crise cardiaque. La
chaleur, la compression, l'atmosphère survoltée. Un
gars fragilos du battant, il résiste pas. Il gît, les yeux
fermés, la bouche entrouverte, un bras replié sous
lui.

Deux trois gusmen racontent aux pouldardins de
service, qu'ils se trouvaient près de lui. A un
moment, il s'est laissé glisser à terre. Mais ça n'avait

rien d'exceptionnel, vu que plusieurs personnes vannées en ont fait autant ; simplement, on essayait de ne pas lui marcher dessus. C'est quand le monde a commencé d'évacuer la salle qu'ils ont pu l'apercevoir et comprendre que ça ne jouait plus pour sa pomme.

On charge le mort sur le brancard et, fouette cocher, on l'emporte. Circulez, y a plus rien à voir ! Juste un agent inscrit les blazes des témoins pour son rapport. Je vais rejoindre Lola. Elle est assise à la table du Condor des Andes et ne s'intéresse pas davantage à ma personne qu'au traité de Westphalie, et pourtant c'est important le traité de Westphalie. On ne parle que de ça dans notre famille depuis 1648.

J'attends un moment devant son martini-gin renversé et mon demi de bière plein. Mais fume ! J'écluse ma binoche, essuie la moustache blanche qui m'en résulte et adresse un grand geste comminatoire à Lola, laquelle feint de ne pas le voir.

Le coup de sang ! Espèce de basse morue ! Je trace la route jusqu'à l'hôtel. Une douche. Une heure s'écoule. *Nobody !* Je fais ma valoche à la diable et descends pagado la chambre. Je leur explique que la bergère qui m'accompagnait passera prendre ses bagages et que si elle ne venait pas, au bout d'un an et un jour, la direction de l'hôtel serait autorisée à donner ses effets aux putes du pays, si comme je l'espère, il y en a.

Une belle plombe plus tard, je suis à Genève où mes amis de l'*Intercontinental* veulent bien me louer une chambre.

Le lendemain aux z'aubes, je rends la voiture cabossée et je prends l'avion pour Paris.

L'hôtesse est assez attrayante pour un vol d'une heure. Elle commence à se taper un peu, mais il lui subsiste des trucs intéressants. Certes, elles sont plusieurs à bord, mais c'est celle-là qui m'a en charge. Et en charge de revanche, si j'en crois son œil fripon souligné de deux petites rides (le chèque barré de l'âge!). Elle me chuchote qu'elle serait heureuse de m'offrir une coupe de champagne. Je lui murmure que la seule coupe qui m'intéresserait serait celle de ses lèvres. Son nombril se cabre à cette déclaration. Elle va voir ailleurs si j'y suis, mais comme je n'y suis pas, elle décide de revenir vers moi.

Bon, si c'est un coup de trique qu'elle cherche, elle risque de le trouver. Les petits scouts de France, tu connais leur devise, non?

J'aime les gerces en uniforme. Ça leur confère une espèce de mystère. M'est arrivé, si je te disais, pas plus tard que la semaine dernière, de m'embourber une contractuelle à Paris. Une boulotte à l'air salingue. Le regard brasero, les doudounes bombardeuses. Elle m'amendait sauvagement, la gueuse, parce que je stationnais devant une porte cashère rue des Rosiers.

J'arrive alors qu'elle tartinait ses pages d'écriture.

« — Te fatigue pas, ma poule, tu fais des lignes pour la peau. »

Et je lui produis ma brème.

Elle sourcille pas et me déclare :

« — Rien à cirer! Cette tire est en infraction, je sanctionne. »

Le mors aux chailles, illico, tu penses!

« — Et si je te filais une bite dans le train, tu la sanctionnerais aussi? » je lui demande.

Ce bond.

« — Pardon? » elle éclate.

Relève les yeux de sur son putain de carnet à

souches. Et de ce fait me voit enfin, dans toute ma splendeur.

Je lui montre mes lèvres écartées avec, entre, ma langue qui frétille gardon.

« — T'imagines le même mouvement sur ton mignon clito, la mère ? Juste comme préambule, pour dire de faire les présentations ? »

Elle avait changé d'attitude. Le vrai coup de bronzage ! Nettement, je lui court-jutais le glandulaire. C'est inexplicable.

« — Ça ne doit pas être triste », est-elle convenue, vaincue en bloc.

« — Dis voir, ma poule, j'ai pas mes lunettes, mais sur l'enseigne que j'aperçois au bout de la strasse y a bien écrit *Mon Bijou Hôtel ?* »

« — On le dirait, oui. »

« — Et tu voudrais me faire croire que Dieu n'existe pas ! Allez, viens, je vais te fabriquer des souvenirs pour tes veillées, plus tard, quand tu seras veuve, le soir à la chandelle ! »

Elle m'a suivi. On ne s'est plus dit un mot. Juste « au revoir » au moment de se larguer, une heure plus tard. Service soigné. Une troussée impec, entre gens qui ne se connaissent pas, ne se connaîtront jamais. Un art de vivre, quoi, ou, plus exactement, le *savoir*-vivre. Le vrai !

Avec l'hôtesse, ça pourrait se goupiller selon le même schéma, je crois.

— Vous n'êtes pas libre à l'arrivée ?

— Grand Dieu non, c'est ma première rotation.

Elle ajoute, à voix basse, très basse :

— Mais demain, c'est mon jour de congé !

Elle en a de savoureuses, mémé : demain ! Dis, comme si je pouvais m'engager à avoir encore envie de la sabrer dans vingt-quatre heures ! Les gonzesses n'ont pas peur de l'avenir, c'est ça aussi qui nous les rend supérieures. Demain ? Je serai où, moi, demain ?

Visiblement, elle attend que je lui place mon rancard joli, supputant déjà les dessous qu'elle va sortir de sa commode pour me faire triquer haut et fort.

— Dommage, je soupire.

Déçue, elle me largue. Je plonge à cerveau joint dans des pensées pas terribles. Mon escapade de Montreux me laisse dans la bouche un arrière-goût de cuite à la bière.

Cette pétasse de Lola...

Pas la première fois que je tire une gonzesse frivole ayant un pet d'oiseau dans la tronche en guise de cervelle. Mais je m'en tartine la rampe de lancement à suppositoires. Ce qui me barbouille un peu l'esprit, comme un cassoulet trop chargé te barbouille l'estomac, c'est l'histoire du mouchoir et de la bande à Ted of London. Pourquoi, à mesure et au fur que le temps passe, sens-je croître mon insatisfaction ? Pourquoi éprouvé-je le sentiment obscur que je suis passé à côté de quelque chose ?

Une manigance monstre se goupillait, et puis elle a été détournée. Par moi ? Est-ce parce que, très vite, j'ai mis la main sur ces petits forbans que la chose a capoté ?

On fonce au-dessus des nuages, au pays du zénith toujours bleu. A mon côté, deux gros Suisses allemands clapent le plateau qu'on vient de leur banquer.

Temps à autre, « mon » hôtesse vient me frôler. Que même à un moment, elle s'appuie contre mes jambes pour laisser passer une dame qui drive son petit garçon aux chiches. Ce dont je profite pour risquer ma paluche sous la robe de la charmante. Mais avec ces putains de collants (dont nous finirons bien par avoir la peau, quelques amateurs éclairés et moi) tu ne peux pas aller bien loin !

Mon voisin s'aperçoit de mon geste et s'arrête de mastiquer. Il tourne vers moi une trogne apoplectique. Je lui adresse un clin d'œil, lui faire piger que c'est commak chez nous, dans l'hexagone et que les dames, on leur pratique le dialogue des Carmélites avec les pognes. Bon, il prend note. A eux deux, Paris et lui !

J'écluse un café, lis le magazine placé dans une poche devant mon siège et qui en consacre des chiées sur les îles Galapagos ; et puis on amorce la descente sur Paname.

Content de rentrer, l'Antoine.

Je décide de filer tout droit à la maison pour un déjeuner surprise avec Félicie. Comme je me dirige vers la station de taxis, je passe devant le kiosque à journaux et là, je tombe en arrêt sur la manchette de *France-Soir* qui vient de sortir :

« Le " coup du parapluie " au Festival de la Rose d'Or. »

Te dire si je suis preneur.

Je me mets à ligoter le faf debout dans la raie au porc. Et alors, mon intérêt grimpe comme la grenouille dans son bocal par beau temps. Ça raconte comme quoi, le mort que j'ai vu embarquer la veille n'est pas mort d'une crise cardiaque comme on l'a cru dans un premier temps, mais d'une piqûre de curare pratiquée dans la cuisse. Le journaliste rappelle la mort de cet espion, à Londres, voici quelques années, décédé d'un coup de pébroque truqué, ce qui devait permettre à mon ami Gérard Oury de nous offrir un film hilarant. Dans le cas présent, le vecteur du poison ne devait sûrement pas être un parapluie ; la foule étant dense, il était aisé d'utiliser une véritable seringue, encore que pour injecter du curare, une simple plume à écrire suffise.

Détail intéressant, on n'a pas découvert l'identité de l'homme assassiné car il n'avait sur lui aucun papier. Tel le zombie d'un bryozoaire (1), j'actionne mon compas jusqu'aux bagages. Ma valoche Vuitton est déjà en train de tourniquer en compagnie de ses sœurs et de ses frères les sacs.

Je l'empare et pars à la conquête d'un bahut. Comme la queue d'attente est presque aussi longue que la mienne, je vais me signaler au poulardin qui en surveille le bon fonctionnement et il me bloque une tire en priorité, ce qui déclenche un début d'émeute.

— Ce sera pour où ? grogne le chauffeur qui a compris qui j'étais et tient à me marquer le peu d'estime qu'il porte aux gens de ma profession.

— La tour Pointue, je réponds.

Pauvre m'man. Mes bonnes décisions ne tiennent pas quand un mystère montre le bout de son nez ! Bon, je lui compenserai ça en allant dîner avec un gros bouquet de roses pompons à la main. Elle raffole des roses pompons, Féloche. Ça devient de plus en plus duraille à trouver. Bientôt ce sera du luxe, tu verras. L'échelle des valeurs se renverse, quoi, faut admettre.

— Et puis, qu'a-t-elle dit encore ?

Béru plisse ses bourrelets violacés pour imprimer à sa pensée une poussée de bas en haut égale au poids du volume de conneries déplacé.

— Que t'étais un enculé de frais, assure-t-il ; ça, moui, je m'en rappelle. Et aussi que le machin des

(1) Mot qui peut rendre de grands services aux joueurs de scrabble puisqu'il comporte simultanément le « Y » et le « Z ».

Andes, comment déjà, un zoiseau, un gros n'oiseau ?

— Le condor ?

— Voui, voilà, j' me rappelais plus qu'il roupil-
lait : le con dort. Eh ben que le con en question
baisait mieux que toi !

— C'est tout ?

— Presque. Mais attends, elle a ajouté quèqu'
chose rapport à une môme qui t'aurait fait une p'tite
pipe en public.

— Elle a dit quoi ?

— J' sais plus très bien, elle était tant tellement en
renaud qu'elle bouffait ses mots. Je croye qu'elle
m'a fait comme ça : « Disez-lui que j'ai vu la salope
qui l'a pompé pendant l'espectac d'avant-hier et qui
mérite pas mieux ! » Quèqu' chose de c' tonneau,
mec.

Mon gros messager se tait. Il rêvasse d'un air
inhabituel, puisque mélancolique.

— Enfin, j' voye qu' tu t' la coules douce, ajoute-
t-il avec âpreté ; t'as d' la chance.

— Pourquoi, ça ne carbure pas de ton côté ?

— Lali lala.

— C'est pas possible !

— Si.

— Raconte.

— C'est tristement personnel.

— En ce cas, je n'insiste pas.

— T'as tort. Un ami en peine, faut qui se confille,
sinon ça fermente dans sa tronche.

— Alors, confie-toi.

— Pas en butant blanc, mec. Faut qu' tu prennes
part à la manœuv'.

— Tu as des soucis professionnels ?

— Non, gars.

— La santé ?

— T'y es pas.

— Des peines de cœur ?

— Tu brûles.

— Berthe ?

— Tu surchauffes.

— Elle te fait du contrecarre ? Elle taille la route avec Alfred ? Elle s'emplâtre la caserne Champerret ?

— Peut-être, mais là n'est pas la question. Qu'elle se distracte, c'est la vie ; qui puis-je-t-il ?

— Alors quoi, elle divorce ?

— Tu rigoles ! Nous deux c'est pour toujours.

— En ce cas je donne ma langue, Gros.

— Cherche encore, j'ai du mal à te déballer l'affaire. Le mots qui me coincent le corgnolon.

— Tu vas pas bêcher avec un vieux pote comme moi, Alexandre-Benoît. Ça servirait à quoi nos années d'épopée, les deux ? Nos luttes, nos ripailles, nos tringlées...

— Cherche z'encore, je t'en supplille.

— Bon, ton mal vient de Berthy. Tu te fous qu'elle te trompe et il n'est pas question de divorce. De quoi peut-il bien s'agir alors ?

— Je te mets sur la voie : ça concerne Apollon-Jules, not' enfant.

— Vous avez un différend sur son éducation ?

— Moui, mais y a pire.

Le trait de lumière. Enfin presque. Disons que j'entrevois. Mais n'ose hasarder la question fatale. Si je me trompais, ce serait trop terrible.

— Tu veux dire ?

— Exactement !

— Qu'est-ce qui pourrait te faire douter ?

— Elle m'y a presque dit.

— De quelle façon ?

— La pire.

— Narre !

— Elle voulait qu'on le mît en nourrice chez des gens dont elle connaît : des malgrébiens d'Afrique du Nord.

— Mais puisque Félicie vous l'élève...

— Berthe dit que c'est trop d' boulot pour ta daronne. V's' avez déjà l' Toinet.

— Au contraire, elle est ravie, m'man. Tu aurais eu des quintuplés, elle te les élevait pareillement.

Le Mastar prend un air gêné.

— Berthe trouve que Toinet est trop déluré et qui pourrait donner des mauvaises manières à Apollon-Jules.

— Donner des mauvaises manières à un bébé de six mois !

— Berthe prétend que d'après un artic' qu'elle a lu un endividu est déjà formationné dès sa naissance.

— Tandis que ses potes nordafs n'ont pas d'enfants contaminateurs et sont classés monument historique comme éducateurs ?

Il secoue la tête.

— J' sais bien, mais c't' une femme qu'on peut rien lui dire. Elle a ses tronches. Sans doute que le mari du coup' en question lui a pratiqué un canter d' seigneur. Pour s' reconnaît' du cul elle veut lui faire gagner d' la fraîche en lu donnant not' r'j'ton à garder : son côté charitab'.

— Probablement, admets-je.

— Moi, tu penses, je m'ai opposé ; comme quoi j'avais pas fabriqué un beau petit gars pour l' refiler à une tribu berbère d' la Goutte-d'Or.

Des larmes lui sortent, dodues, huileuses, qui mettent du temps à s'engager sur ses pommettes incarnat.

— T' sais ce dont ell' m'a répondu ?

— J'ai peur.

— J' t'y dis tout d' même. Ell' m'a balancé, très net, en m' matant droit dans les lotos : « Est-il-tu sûr d' l'avoir fabriqué toi-même, Sandre ? »

Il se frappe le crâne de son poing et ça fait comme lorsqu'on cogne à la porte d'une cathédrale fermée.

— C'te putain d' garce. J'y ai sauté su' l' poilu-chard. « Qu'est-ce tu sous-entends par là, Berthy ? Qu'Apollon-Jules n'est pas d' moi ? »

« Elle se marrait, la charogne ambulante ! « Quel homme peut-il-t'il êt' sûr qu' ses chiares lu sont sortis des bourses ? » elle a lancé. J'ai cru qu' j' la butais. »

— Taquinerie de femelle, lâché-je négligemment.

— Tu penses !

— Voyons, Alexandre-Benoît, Apollon-Jules, c'est ton portrait tout craché !

— Je croilliais, mais...

— Il a ton nez large, ta bouche vorace...

— Berthy aussi a un gros pif et des grosses lèvres.

— Mais cet air gentiment con, dis ? Cette expression bêtasse sous la paupière pesante ?

— D'accord, rêvasse-t-il, moui, je dis pas, mais tu r'garderais ma Baleine attentiv'ment, t' t'apercevrais qu'e l'a pas la frime à Simone Veil malgré son embonpointement.

Je mesure les dégâts qu'a déjà commis le vilain ver introduit par Berthe dans le gros fruit béru-réen... Pour arracher de son esprit l'idée fixe dévastatrice, il faut frapper un grand coup.

— Pose ton bénard, Gros.

— Quoi faire ?

— J'ai envie de voir ton cul. Un caprice !

Sans en demander davantage, il se dépantalone. Une fois le grimpant sur les chevilles, il attend, la trompe à l'air, pareil, en sa partie inférieure, à un éléphant à barbe.

— Tu ne portes pas d' slip ? noté-je.

— J'ai renoncé : y z'étaient tout d' sute sales.

— Tourne-toi du côté du Sacré-Cœur et baisse-toi !

Exécution. Je choisis la plus longue règle dont je dispose et applique l'une de ses extrémités sur un point de fesse envahie par des poils noirs, frisés serrés.

— Tu le sais que tu as une petite tache de vin à cet endroit, l'enflure ? Je l'avais remarquée la fois où tu baisais la pharmacienne.

— Des dames me l'ont eu dit et j' me rappelle d'une époque, y a mèche, où je parvenais à l'apercevoir dans une grande glace.

— Eh bien, Apollon-Jules a la même, au même endroit !

— T'es certain ? sursaute l'Ignoble. J' l'ai jamais vue.

— M'man me l'a fait remarquer l'autre jour en le baignant. Si t'appelles pas cela une signature, mon drôle, c'est que tu es de parti pris.

Soudain rasséréné, il m'accolade.

— Tu m' sauves le mental, mec. Si ç'aurait pas été de toi, j' serais d'venu neuneu. Je l'aime tant, ce chiare. Faut que j'aille chercher un litron pour fêter la renaissance d' mon p'tit gars. Mais t'avoueras, les gonzesses, quelle engeance, hein ?

Quand il est sorti, j'appelle ma Félicie d'amour. Je lui raconte que, oui, oui, la Rose d'Or, une pure merveille. D'accord, je rentrerai pour le dîner. Ce que j'ai envie de manger ? Eh bien, je serais assez partant pour des oiseaux-sans-tête (1) avec des petits pois frais aux lardons. Pour commencer ? Ben, c'est la saison des asperges, non ?

---

(1) Ainsi appelle-t-on les paupiettes de veau à la maison.

San-A.

Ensuite, elle me dit que tout va bien *at home*. Le luron des Bérurier est un ogre qui chiale dès qu'il aperçoit le fond de sa gamelle.

Je demande à maman d'aller chercher dans ma chambre, parmi ma paperasserie et mon matériel de burlingue, un crayon bille violet à l'encre indélébile et de tracer une marque en forme de demi-lune au haut de la fesse gauche du moutard. Je lui donne la raison pieuse d'un tel tatouage et elle promet de faire au mieux.

— Bien que ton crayon soit réputé indélébile, ça finira par partir, objecte ma brave femme de mère.

— Aucune importance, dans vingt-quatre heures, Béru aura oublié l'incident.

Bisou téléphonique. Je raccroche. Et à peine le combiné a-t-il retrouvé sa fourche que ça ronfle. C'est fréquent, ce genre de coïncidence. Il arrive même que je trouve un correspondant en ligne à l'instant où je m'apprête à perpétrer un numéro.

La standardiste. Car on s'est modernisés à la Big Chaumière et ce sont des nanas qui pilotent le standard, si bien qu'il est souvent saturé de bites et que les préposées te répondent la bouche pleine.

— Commissaire San-Antonio ?

Je reconnais l'organe mélodieux d'Anaïs. La première fois qu'on l'a entendue, ç'a été le rush, tant sa voix est mélodieuse, sensuelle. Seulement quand on a découvert la mocheté qu'il y avait autour, on s'est tous mis à dégoder comme des centenaires.

— Oui ?

— Une certaine Mathilde Ralousse souhaiterait vous parler.

— Connais pas, demandez-lui ce qu'elle veut.

Un moment de néant, puis Anaïs aux décibels de rêve me revient dans les trompes d'Eustache :

— Elle dit vous avoir vu hier à Montreux. Son

surnom c'est Pâquerette et elle est l'amie de Ted of
London !

Santantonio bondit.

— Mais bon Dieu, c'est bien sûr ! Passez-la-me-
la !

Bien qu'elle eût très peu moufté la veille, je
reconnais le ton dolent de la gravosse tatouée du
buste.

— Je vous demande pardon si je vous dérange,
j'ai eu votre téléphone par les renseignements internationaux.

— Tu es toujours en Suisse ?

— Oui.

— T'as des problèmes ?

— Ted a disparu.

— Quand ?

— Hier, en sortant du festival. Deux hommes se
sont approchés de nous et lui ont montré un papier.
Il les a suivis.

— Que t'a-t-il dit ?

— Rien. On était séparés par la foule, vous
comprenez ? Ça s'est passé à quelques pas de moi,
mais y avait des gens entre nous. Ç'a été très vite.

Un temps, je perçois sa respiration oppressée.
Cette grosse gourdasse est une hyper-timide, il a dû
lui falloir beaucoup de courage pour oser m'appeler.

— Et alors, môme ?

— Ben, je me demandais...

— Tu te demandais quoi ?

— Si c'était pas vous qui l'avez fait arrêter. J' sus
été à la police d'ici, ce matin, ils ne savaient pas de
quoi je parlais.

— Je regrette, je ne suis pour rien dans l'affaire.

— Ah ! bon, tant pis... J' sus inquiète, vous
comprenez ?

— Il y a de quoi. Et tes petits potes, Karim et Mandoline ?

— Ils sont comme moi, ils se demandent ce qui se passe. Mandoline a eu l'idée d'aller vous causer, ce matin, mais elle est tombée sur votre nana qui lui a crié des horreurs et lui a dit que vous étiez parti. C'est ça qui nous a donné à penser que vous aviez peut-être ramené Ted à Paris.

Nouveau silence. Elle doute de moi, de ma parole. Ce micmac la dépasse.

— Ecoute, Pâquerette, si j'avais emballé ton tendeur, je te le dirais.

— Qu'est-ce que je dois faire ?

— Rentrez, tous, on va essayer d'y voir clair.

— Et sa voiture ?

— Laisse-la sur un parking de Montreux en prévenant le copain chez qui vous logez, pour le cas où ton Angliche referait surface.

— Bon, se soumet-elle.

Une gonzesse docile à ce point, tu lui pardonnes d'être tarte.

— Mais grouillez-vous, toi surtout. Dès que tu seras à Paname, appelle-moi.

— D'accord. Vous pensez quoi, monsieur le commissaire ?

— Que ton rouquin s'est foutu dans une béchamel qui peut fort bien te rendre veuve, ma fille, réponds-je impitoyablement.

Ainsi que je le prévoyançais, Béru insiste pour m'escorter à la masure. La bise à son rejeton. Il tient à s'assurer de cette tache de vin-signature.

Le môme est justement en pleine bâfrée lorsque nous déboulons. Sa béchamel lui dégouline plein la poire. Il s'en ingurgite des gueulées de bull-dog, l'apôtre ! Me fait songer à Gargantua, fils de Grand-

gousier. Il bouffe en émettant des signaux sonores,
genre bébé phoque sur sa banquise. Ça tient du
gloussement de joie et du « han ! » bûcheron. Parfois, comme il grogne la bouche pleine, ça produit de
grosses bulles. Il se marre. Une vraie nature, Apollon-Jules. Moi, la main sur le cœur, je suis convaincu
qu'il est de Béru ; impossible autrement ! C'est le
Mastar en modèle réduit. Et d'ailleurs, sans charre,
il lui ressemble.

La « boullie » expédiée, m'man le change pour sa
noye. Alors, mister Béru se penche sur l'auguste cul
du petit prince. Il découvre *the* signe et se signe soi-
même, soulagé jusqu'au tréfonds de ses énormes
bourses.

— Vous resterez bien à dîner, monsieur Bérurier,
propose m'man, j'ai des paupiettes de veau.

— Avec beaucoup de parfaitement, chère
maâme, d'autant plus que ma Berthe est en voiliage
av'c un cousin à elle dont elle n'avait pas r'vu d'puis
leur première communion. Y font les châteaux d' la
Loire en passant par la Côte d'Azur. Y z'en ont bien
pour une huitaine de jours.

Vachement joyce, l'Enorme. Son fils est de lui, le
dîner sera succulent et il sait ma cave dotée de tous
les bons auteurs. Je le traite à l'Hermitage, Mister.
Blanc pour les asperges, rouge pour la suite. Une
petite fiesta sympa.

On en est au flan caramel lorsque mon biniou
gredille. C'est la môme Pâquerette. Elle chiale
comme douze Madeleine et Marcel Proust réunis.
Au point de ne plus pouvoir jacter après m'avoir dit
son nom.

— Qu'est-ce qui t'arrive encore, ma poule ? l'en-
couragé-je.

Je me dis qu'on a peut-être retrouvé son copain
refroidi. Si c'est le cas, elle va en avoir pour

quarante-huit heures à le pleurer. Ensuite la réaction se fait et la semaine prochaine elle trouvera un autre bandeur pour la sauter. La vie va vite. Quand t'as des lettres de condoléances à expédier, ne tarde jamais, sinon quand elles arrivent à destination, le récepteur ne sait même plus de quoi il s'agit.

A travers cent hoquets, la Dodue me raconte qu'en arrivant chez elle, elle a trouvé son appartement mis à sac. Plus rien qui tienne debout, qui soit entier, intact.

— Où crèches-tu ? je demande.

— 108 rue Saint-Claude, au sixième.

— Attends-moi, j'arriverai d'ici une heure.

Nous prenons le caoua au salon. M'man s'excuse : elle doit aider Toinet qui a compo d'histoire-géo demain.

— J' sais pas si j' me tromperais, murmure le Mahousse, lorsque nous sommes seuls, mais y a quequ' chose qui t' chicane, on dirait ?

— T'es perspicace.

Je lui raconte ma mésaventure suisse. La pipe-prétexte, le mouchoir-message, mes retrouvailles avec Ted of London, son « arrestation » au sortir du festival, et maintenant l'appartement saccagé du couple, sans oublier l'assassinat par curare d'un spectateur sans papiers.

Il m'écoute en arrosant son café de marc de Savoie, jusqu'à ce qu'il en prenne la couleur pâle.

— Ton gazier devait tremper dans un coup à la manque, diagnostique mon éminent collaborateur. Et puis quand est-ce que ses potes l'ont vu av'c toi, ils ont cru qu'il leur avait fait du contrecarre. Si ça se trouve, le Ted, en ce moment, il est au fond du Léman, cimenté dans un tuliau d' canalisation.

Lorsque j'annonce que je vais chez lui, sans hésiter, le Mastar se dresse.

— J' t'accompagne, mec, d'alieurs il est temps qu'
j' me rapatrille dans mes terres !

Elle a cessé de chialer, la gravosse. La porte de
son logement bée, et quand nous déboulons sur le
palier on l'aperçoit qui est assise par terre, le dos
appuyé au galandage. Son domicile ne comporte
qu'un assez vaste studio, un bout d'entrée, un brin
de cuisine et une illusion de salle de bains.

Effectivement, c'est la Beresina intégrale. Attila
est passé par là ! Tout est brisé, défoncé, déchiré. La
moquette détachée du parquet forme un monceau
himalayesque dans un coin. Le matelas lacéré a
perdu toute sa laine qui, elle, forme les Alpes. Le
canapé, quant à lui, a lâché la totalité de son crin
pour recomposer le ballon d'Alsace. La vaisselle
brisée jonche le sol de la kitchnette, ce qui indique
que le (ou les) visiteur(s) ont agi par pur vandalisme,
car tu veux planquer quoi dans une assiette, toi ?

Pâquerette murmure :

— Si je vous disais : ils ont même chié sur la
photo de ma mère.

Elle est anéantie. Pour elle c'est le butoir du fond
de voie. Elle peut pas aller plus loin, la pauvrette. Sa
vie joue Calamitas.

Comme il n'existe plus aucun siège valide, je viens
m'asseoir en face d'elle dans l'entrée.

— Il serait peut-être temps que nous discutions,
môme.

Elle hausse les épaules. Ses tifs pas lavés pendent
devant son visage de poupée russe dépeinte.

— Qu'est-ce on pourrait se dire ? Y a rien à dire !

— Tu te doutes de qui a fait ce carnage ?

— Pas la moindre idée.

D'un doigt, j'écarte la plus grosse de ses mèches

afin d'apercevoir ses yeux qui ont la troublante couleur de l'eau des lacs à plonge.

— Tu sais, Pâquerette, répondre franchement à mes questions, c'est peut-être ta dernière chance de rester en vie.

Elle a un soubresaut.

— Pourquoi vous dites ça ?

— Parce que vous avez affaire à des vrais méchants. Il y a deux catégories de méchants : les méchants qui font semblant de l'être et ceux qui le sont pour de bon. Dans votre cas, aucune erreur n'est possible : vous êtes tombés sur ceux de la seconde catégorie.

Ma technique est simpliste : l'effrayer un max pour lui arracher un max. Avec une grosse pomme blette comme elle, ça doit payer. L'ambiance se prête formide à ce genre de conditionnement. Le décor est planté, on n'a plus qu'à jouer son rôle.

Bérurier, qui devient suprêmement rusé quand il entre en connivence avec moi pour ce genre d'entreprise, renchérit :

— Chier sur le portrait d' ta mère, la môme, c'est ton arête de mort qu'on a signée. Dans la grande truanderie, ça veut dire qu' tu vas passer à la dessoude dans les heures qui viennent.

Pâquerette se met à claquer des chailles comme si on l'avait enfermée dans une chambre froide en compagnie de Margaret Thatcher.

— Mais je n'ai rien fait à personne !

— Euss, ils croivent le contraire ! tranche Béru. Et c'est ce qui croivent qu'est important, piges-tu, Moustique ?

Un temps. Elle pleure. Ses grosses cuisses frémissent. Sa poitrine à lunettes se soulève jusqu'à son menton avant de choir sur son pubis.

— Dans quel merdier s'est-il foutu, ton Rosbif ?

— Mais, je ne sais pas.

— Bon, on met tout à plat et on rebâtit, ma fille.
Il y a longtemps que tu es avec Ted ?

— Deux mois.

— Où l'as-tu connu ?

— En boîte, Le *Feu d'Artifice,* du côté de Cha-
renton.

— On est chez toi, ici, ou chez lui ?

— Chez moi.

— Tu marnes ?

— Non, j' sus au chômedu.

— Et avant, tu faisais quoi ?

— Une fabrique de pièces détachées pour vélos.

— Et lui, il gratte ?

— Vouais.

— Pour de bon ?

— Bien sûr.

— Il pourrait vivre de ses rentes ! Et où gagne-t-il
son bœuf ?

— Dans un supermarket de La Courneuve.

— Comme directeur ?

— Il est chargé de récupérer les caddies que les
clients embarquent avec eux et abandonnent n'importe où.

— Chiens perdus sans colliers !
Je rigole. Y a que des mecs comme Ted of London
pour dénicher des jobs pareils !

— Dernièrement, je parie qu'il s'est mis à dépen-
ser du blé, non ?

— Comment que vous le savez ?

— Mon petit doigt qui m'a balancé un coup de fil
pour m'affranchir. Bien entendu, vous vous camez,
tous les deux ?

— Oh ! un petit joint de-ci, de-là.

— Me fais pas marrer, j'ai vu ses avant-bras

pendant qu'il dormait ! Ou alors c'est infesté de moustiques chez vous !

Elle hausse les épaules.

— Alors, rectification ?

— Oui, c'est vrai : Ted y va un peu à la morph' ; mais pas moi, vous savez ; regardez mes bras.

Elle allonge à travers le couloir étroit ses ailes blafardes veinées de bleu dégueu.

— D'où lui arrivait cette rentrée de flouze ?

— Il ne m'a pas dit.

— Quand tu mens, il te vient des rougeurs au cou, la mère !

Un temps.

Les voisins du dessous viennent de se brancher sur le compte rendu de Roland Garros et on entend claquer des balles sous des boyaux de chat pendant que le commentateur se débonde.

La môme déglutit à plusieurs reprises. Béru qui la regarde murmure :

— Impatiente-toi pas, Sana, elle va tout t' bonnir, chez elle c'est la timidité qui la bloque, autr'ment sinon c't' une gosse plutôt sympa.

Fectivement, Pâquerette s'enhardit et parvient à parler :

— Ted m'a dit qu'il avait trouvé une combine rupine.

— Quel style ?

— Il travaillait pour une agence de police privée.

— Dont le siège se trouve ?

Elle me tend un visage purgé de tout mensonge. L'image de la sincérité éclairant le monde !

— Je n'en sais rien, et lui non plus. Il a été contacté dans la rue et on lui filait rancard dans des églises.

— Pas possible !

— Si, si. En tout cas c'est ce qu'il m'a dit, et pourquoi m'aurait-il menti ?

Ben oui, au fait ?

— Ça consistait en quoi, son travail ?

— Des gens à suivre.

— Et puis ?

— C'est tout.

— Qui étaient ces gens ?

— Alors là, il ne m'en a pas parlé !

— Secret professionnel ? ricané-je.

Elle hoche la tête.

— Sûrement, et puis vous le savez : Ted est anglais, c'est pas un bavard.

— Tu n'as jamais surpris le moindre indice qui te permettrait de m'éclairer un peu ?

— Jamais. Faut comprendre, c'était nouveau, ce travail : huit dix jours, pas plus.

— C'est toi qui as eu l'idée d'aller au festival de Montreux ?

— Non, c'est lui.

— Pour le boulot ?

— Il ne m'a rien dit, mais c'est pas impossible.

— Pourquoi ?

— Parce qu'une fois à Montreux, il m'a laissée presque toute une journée seule.

— Maintenant, venons-en à Mandoline et Karim. Ce sont des potes à Ted ou des potes à toi ?

— C'est-à-dire que Mandoline est ma grande copine. J'étais avec eux au *Feu d'Artifice* le soir que j'ai connu Ted. Il m'a draguée et il est devenu leur ami par la même occasion.

— Vous vous fréquentez beaucoup ?

— Pas mal. Mais...

— Mais quoi ?

— On menait pas exactement la même vie. Eux, ils... ils travaillent.

— Des gens sérieux, somme toute ?

— Enfin, oui, plutôt.

— Pas de drogue ?

— Non. Ils ont horreur.

— Ils ne sont pas encore rentrés à Paris ?

— Ils seront là demain ; ce soir, ils restaient chez leur copain Mohamed Loubji.

— Tu leur as raconté ce qui s'est passé ? La manière dont ton julot s'est fait coiffer ?

— Oui, bien sûr.

— Qu'en pensent-ils ?

— Rien.

— Ils n'étaient pas au courant des activités de Ted ?

— Non. En tout cas il n'en a jamais causé devant eux.

— Les mecs qui ont emballé ton gars, tu as eu le temps de les voir ?

— Un peu, oui. Mais il faisait nuit et y avait plein de monde.

— Tu me racontes à quoi ils ressemblaient ?

— Je sais pas trop. Je crois qu'il y avait un blond avec un blouson de daim noir. L'autre m'a paru âgé ; il avait une moustache épaisse.

— Ted les a suivis sans difficulté ?

— Absolument.

— Il n'a pas cherché à te prévenir ?

— Non. Il semblait pressé et ne m'a pas regardée.

Elle murmure après une minute de silence dédiée au souvenir de Ted, voire à sa mémoire :

— Ça sent mauvais, vous croyez ?

— J'aimerais pouvoir t'affirmer le contraire, mais ce serait manquer de franchise. Tu as quelqu'un chez qui aller, cette nuit ?

— Non, personne.

Bérurier se racle la gargane.

— J' te vas emmener chez moi, ma crotte, décide-
t-il ; just'ment, ma bourgeoise est en voiliage d'agré-
ment et y a une place libre dans not' plumard.

Sa Majesté me décoche un clin d'œil.

— Faut rien laisser perd', dit-il, en vrai fils de
paysan français.

Je l'approuve d'un hochement de tête positif. Je
suis certain que ça se passera très bien, les deux.
Leurs conneries, même combat. Il la convaincra vite
qu'elle doit céder à ses instances et quand elle en
découvrira les dimensions, pour lors, le gars Ted
sera relégué dans les brumes londoniennes.

— On y va ? demande Pépère, soudain impatient.

— Filez les premiers, je vais rester encore un
moment ici pour faire le constat.

Le Gros ne me pose pas de questions superflues
et, fier comme Barre-Chaban, emporte sa pension-
naire.

Une fois seul, je referme la lourde, empile quelques coussins contre les débris de l'ancien canapé et
m'installe à la Mme Récamier pour gamberger.

Une question me taraude la coiffe : pourquoi
m'intéressé-je à cette histoire ? Qu'est-ce qui m'ac-
croche dans cette aventure de petits paumés plus ou
moins loubards, à la lisière de la truanderie ? Qu'en
ai-je à cirer qu'on les enlève et qu'on démolisse leur
gîte ? Pauvre équipe, en vérité : Mandoline et
Pâquerette, deux graines de pute maquées avec des
demi-sels. De la came pour idéal... L'autre con de
rouquin avec sa mèche genre Hun sur le sommet de
la tronche, qui bricole à regrouper des caddies de
grande surface pour gagner de quoi acheter sa dose
quotidienne et à qui, tout à coup, on propose le
pactole. C'était quoi, son extra de gala à l'English
paumé ? Pourquoi l'a-t-on embarqué au sortir du

casino de Montreux ? Quelle pauvre arnaque avait-il pu commettre, ce pâle enfoiré ? Faux gros bras à qui tu fends la gueule à l'aide d'un tesson de boutanche et que tu allonges d'un coup de latte dans ses pauvres roustons tristounets genre pickles ? Une chiffe, un dur en mie de pain. La crasse pour folklore. Un locdu incapable de se lever une gonzesse potable et qui s'attelle à ce boudin tourné de Pâquerette ! On est venu perquisitionner chez lui dans quel but ? Récupérer un truc bidule chose qu'il avait détourné ? Pour y chercher de la came ? Ou en représailles, histoire de filer les grelots à sa brebis ?

Mais tout ça, San-Antonio, en quoi ça peut bien te toucher, mon chérubin ? T'as d'autres chats à fouetter, d'autres chattes à déguster ! Et même qu'un quidam encore anonyme soit scrafé au curare chez tes amis helvètes, c'est pas non plus ton frometon à toi, béby ! Faut chasser sur tes terres, pas sur celles des copains vaudois ! Qu'à ce moment-là, ils n'auraient plus qu'à débouler à la Grande Taule et prendre possession des lieux, non ?

Eh bien pourtant, logique ou pas, bizarre ou non, me voilà ensuqué par cette petite sauterie suisse. Avec la démange d'en savoir plus.

C'est pas émouvant, quelque part, cette marotte de vouloir tout savoir et tout payer ? La maladie du chien de chasse ! Chronique ! De me gratter n'y fait que pouic ! Faut que je ronge l'os, tu comprends. Que je le brise de mes crocs pour en dégager la substantifique moelle.

Pourquoi m'attardé-je dans cet intérieur crapoteux où flottent des relents de merde, de friture froide et de patchouli ?

Et pourquoi ont-ils déféqué sur la photo de Mme Ralousse mère ? Là, ça fleure la vengeance à trois balles. Du tout premier degré. Ça fait descente.

de grande banlieue, quelque part, tu trouves pas, toi ? Les gars de la bande de La Courneuve contre celle de la République ! Y a de la chaîne de vélo dans l'air !

Au sol, des flaques d'alcool montrent qu'on a vidé les bouteilles, manière de ne pas risquer de mauvais éclats en les brisant. Un camembert est plaqué contre le mur. Le poste de téloche n'a plus de tube catholique (comme dirait le Gros). Jusqu'à quelques livres de la prestigieuse collection Colombine que l'on a émiettés. Le vandalisme sur toute la ligne, mais un vandalisme mesquin ! De plus en plus je me convaincs qu'il est l'œuvre d'un commando de minables. Devait y avoir de la moto en stationnement devant l'immeuble !

J'en suis là de mes cogitations (et j'en suis las également) lorsqu'un vacarme de musique pop éclate dans l'appartement voisin. Ils y vont plein tube, les *neighbours*. A t'en faire exploser les manettes ! Le moment est venu de me trisser. Un rétablissement, hop ! Et je gagne la sortie.

Sur le palier, la viorne est insoutenable. Elle fait trembler la vitre fêlée de la tabatière éclairant (de jour) ce terminus de la cage d'escadrin. Jusqu'à la rampe mal fagotée qui frémit sous ma main.

Je commence à descendre lorsqu'il me vient une idée acidulée. Rebroussant chemin, je me pointe jusqu'à la porte voisine de celle de Pâquerette. Un papier arraché à un bloc de correspondance annonce le blaze de l'heureux locataire épris de musique paroxystique : « M. et Mme Jérémie Blanc ».

Opération sonnette. Me faut carillonner un bout avant que le timbre se faufile à travers le tumulte jusqu'aux cages à miel des occupants.

Enfin la porte s'ouvre et je plonge sur la nuit. En fait, j'ai, face à moi, un Noir immense dont la poitrine nue obstrue tout l'encadrement. Du mec hors série! Près d'un mètre nonante, des muscles, une peau sénégalaise absolument noire, un visage aux pommettes proéminentes qu'éclairent des yeux de loup en vadrouille.

— Vous êtes Jérémie Blanc? balbutié-je, intimidé par la colosserie du gars et son regard pas gentil.

— Oui, et alors? Qu'est-ce tu viens faire chier à cette heure, dis? Tu la sais l'heure qu'elle est? Elle est minuit passé, l'heure.

Il vient de consulter une Swatch dont le cadran représente le coucher du soleil sur la baie de Rio.

— Je vous demande pardon, mais c'est au sujet de vos voisins, monsieur Blanc.

— Qu'est-ce tu viens me faire chier avec mes voisins! Je les encule, mes voisins, et toi avec!

— Ça part d'un bon sentiment, conviens-je, néanmoins avant que vous ne passiez aux actes, il est indispensable que je vous parle.

Mon terlocuteur fait un pas dans le couloir, ce qui démasque une famille bien garnie composée d'une dame en boubou et d'une flopée, voire même une chiée de gosses dont l'aîné doit avoir une douzaine d'années et dont le plus jeune n'est pas encore né si j'en juge au ventre de la maman.

— Qu'est-ce tu veux parler? objecta l'immense Africain. J'ai rien à te dire. Elle est plus de minuit, tu me fais chier et je t'encule!

Il se tait, jugeant ses raisons péremptoires et définitives.

— Permettez-moi de vous montrer ceci, risqué-je.

Je me mets sur la pointe des pieds afin de porter ma carte de police à sa connaissance.

Il me l'arrache des doigts et la place non loin de

son nez, ce qui dénoncerait de sa part soit un total analphabétisme, soit une myopie avancée. Puis il se tourne vers sa marmaille, requiert l'aîné et lui donne ma brème, document historique, manière de la prévenir d'à quoi ça ressemble une carte de flic.

Le mouflet, qui est déjà l'érudit de la famille puisqu'il fréquente la neuvième, étudie le document avec passion.

Le papa me refait alors front. Et son front, crois-moi, est large comme l'arrière d'un autobus.

— C'est toi, la police ? il demande d'une voix rechigneuse.

— Je n'en suis qu'une modeste partie, monsieur Blanc.

— Et c'est parce que t'es de la police que tu viens me faire chier à minuit ?

— Minuit dix, rectifié-je.

Il revisionne sa tocante et murmure, honnête :

— C'est vrai : minuit dix.

Puis, ne voulant pas me laisser accroire qu'il cède du terrain, d'ajouter, comme en état second :

— Je l'emmerde la police ; j'ai rien à me reprocher !

— J'en suis convaincu, monsieur Blanc ; c'est pourquoi je vais vous demander de m'accorder un instant, en bon citoyen que vous êtes.

Là, maintenant, il m'a assez cassé les sœurs Brontë ! Un peu à Sana de prendre l'initiative !

Je vais pousser la lourde voisine.

— Venez voir quelque chose d'intéressant, monsieur Blanc !

Il consent à s'approcher.

— Entrez et regardez !

Jérémie obtempère. A la vue de l'appartement saccagé, il pousse une beuglante qui, très vite, se mue en mélopée :

— Oh ! la la ! mon vieux ! Eh ben ça , mon vieux ! Eh ben ça, dis donc ! Eh ben ça, alors ! Eh ben ça, mon vieux ! (Il reprend le début du couplet jusqu'à plus souffle.)

— Sacré travail, pas vrai, monsieur Blanc ?

— Ah ben ça, tu peux le dire ! Ah ben ça, mon vieux ! Ah ! ben ça, alors ! Ah ben ça, dis donc...

— Stop ! lui fais-je, ça y est je le sais par cœur, envoie la suite.

— Quelle suite ?

— Tu ne vas pas me faire croire (voilà que je le tutoie à mon tour), tu ne vas pas me faire croire, monsieur Blanc, que des mariolles ont foutu une pareille merde ici sans que tu les aies entendus de chez toi ! Ecoute comme ta musique à toi est bien perceptible, d'ici. On se croirait dans ton salon, non ?

— Pour sûr que j'ai entendu, mais je croyais que c'était eux.

— Qui ça, eux ?

— Ben, les deux qu'habitent ici.

— Tu les connais ?

Il crache.

— Pour sûr que je les connais. Lui c'est un salaud de raciste qui ne me regarde pas. Elle, c'est une grosse vache qu'il dérouille, mon vieux, si t'entendais ce travail ! Mais elle doit aimer ça parce qu'après il la baise et elle crie en prenant son pied, mon vieux, si t'entendais ! Une truie qu'on égorge !

— Donc, tu as entendu du remue-ménage ici ?

— Pour sûr, je te dis.

— Quand ?

— La nuit dernière, mon vieux. Mais très tard. Il était au moins trois heures du matin !

— Et tu n'as vu personne ?

— Personne, mon vieux, parole. Personne, pas un chat.

Il se met à rire. Dieu qu'il est grand! Pas besoin d'être mort, une taille pareille, pour donner la notion de sa hauteur! Le duc de Guise? Un gnome! Je le trouve sympa, Jérémie. Un bougon, mais tu grattes, et dessous c'est brave-type-mon-vieux sur toute la ligne.

— Qu'est-ce que tu fais dans la vie, monsieur Blanc?

— Je travaille aux services de la ville.

— Eboueur?

Il renfrogne.

— T'es dégueulasse, mon vieux! Tu crois que j'aime foutre mes mains dans des tas de merde! T'es peut-être flic, mais t'es con, toi!

— Merci pour le *mais,* tant de gens l'auraient remplacé par *parce que!*

Il pige très bien et m'en flanque trente-deux ratiches étincelantes dans les mirettes en ivoire véritable, toutes grosses comme des soissons.

Il reprend :

— Balayeur, mon vieux! Et là, c'est cool, là, c'est classe! Tu te fais pas chier. Tu fous un sac bourré de sable en travers de la bouche d'égout, t'ouvres la vanne. L'eau gicle. Tu la regardes couler. Moi, ça me fait la source du fleuve Sénégal au bord duquel je suis né. Je pousse leurs putains de saloperies dedans. Des papiers surtout, c'est fou ce qu'ils en balancent, ces cons de merde! Des paquets de cigarettes vides, des tickets, des gobelets, des prospectus, des journaux, des enveloppes, des lettres. Je pousse dans le fleuve Sénégal, mon vieux. Et il charie toute leur merderie jusqu'à la bouche d'égout.

Jérémie se marre.

— T'es sûr que c'est pas eux deux qu'ont eu une scène de ménage ?

— Certain.

— Tu veux boire un café, mon vieux ?

— Volontiers.

— Viens.

Il m'entraîne dans son logis. Et c'est intéressant de voir cette famille noirpiote dans du Galerie Barbès pur fruit. Avec des lampadaires sur pied (abat-jour raphia tout de même), des meubles « scandinaves », un poster de l'équipe de France de foot punaisé plein mur, et un poste de télé chauffé à blanc. Mais les programmes ont pris fin et la chaîne hi-fi a pris le relais, d'où le boucan.

— Tes gosses vont se coucher à quelle heure ? questionné-je par une curiosité d'ordre pédagogique.

— Quand ils ont sommeil, mon vieux. Pourquoi ils iraient avant ?

— Très juste. Dis, ça les ennuierait de me rendre ma carte de police ?

Le papa donne des ordres et on me ramène ma brèmouze où je me découvre affublé de lunettes tracées au crayon feutre et devenu sénégalais par la grâce du même crayon.

Jérémie regarde et se marre.

— T'es un nègre, maintenant, mon vieux ! fait-il en me tendant mon bien.

— Nous le sommes tous, assuré-je. Mais il y a des gens qui se croient blancs et ça crée des malentendus.

Maman Blanc prépare un caoua tellement serré que la cuiller qu'elle plante dans ma tasse met dix minutes avant de reposer contre la paroi.

— Donc, tu ne fréquentes pas tes voisins, monsieur Blanc ? reviens-je à mes moutons.

— Lui, c'est un enculé, déclare Jérémie. Il a beau faire des prières à l'église Saint-Sulpice, enculé il est, enculé il restera. Le Bon Dieu, des types comme lui, il leur chie dessus !

Moi, j'ai une décharge de mille volts dans le recteur. Putain d'âne, la méchante secousse.

Eglise ! Vous avez dit église ? docteur Blanc ?

— Pourquoi dis-tu qu'il va faire des prières à Saint-Sulpice ?

— Je balaie dans le sixième. Je le vois venir à l'église, le matin. Je suis malin, mon vieux, si tu savais ! Oh ! la la ! si tu savais comme je suis malin !

— Ça se voit au premier coup d'œil, monsieur Blanc. Donc, le rouquin fréquente Saint-Sulpice le matin ?

— Pas tous les matins, mais plusieurs fois.

— Il est seul ?

— Oui.

— Comment sais-tu qu'il prie ? Par déduction ? Eglise, donc prière ?

— Non, je l'ai vu.

— Tu es entré ?

— Oui, mon vieux, par la petite porte.

— Et alors ?

— Je l'ai aperçu dans une chapelle, sur le côté. A genoux, mon vieux, et il regardait la Sainte Vierge droit dans les yeux, mon vieux.

— Il n'était pas seul, n'est-ce pas ?

— Comment tu le sais ?

— Qui se tenait à son côté, sur un prie-Dieu, un homme ou une femme ?

— Ni l'un ni l'autre, mon vieux.

— Un enfant ?

— Non, mon vieux.

Là, ma perplexité crève le mur du son et bat les records d'altitude.

— Alors quoi, monsieur Blanc ?

— Une religieuse.

— Ah ! bon...

Pour Jérémie Blanc, il existe donc un troisième genre que j'appellerai le neutre, dans lequel il regroupe les ecclésiastiques.

Une religieuse... Bidon, naturellement. Les gens avec lesquels travaille (ou travaillait) Ted of London sont d'une prudence à toute épreuve.

Je bois une gorgée de dynamite. Si j'enfile tout le contenu de la tasse, je ne dormirai plus avant une douzaine d'années, c'est couru. Y a plus à manger qu'à boire dans le caoua de la dame Blanc.

Le balayeur d'élite devient décidément mon pote à la vitesse *big* V. Sa frime un peu carnassière de loup qui serait déménageur de pianos et ancien champion de boxe m'est de plus en plus avenante et sympa.

— T'es rudement malin, monsieur Blanc, reprends-je avec force. Toi alors, t'as pas les yeux dans ta poche. Et tu sais faire fonctionner ta cervelle. C'est pas seulement du bon café que tu me donnes à boire, mais aussi du petit-lait.

Il se méprend :

— Ramadé, dit-il à son épouse, donne du lait à mon copain flic.

Je vais pour refuser mais je m'abstiens, pensant qu'un peu de sirop de vache « coupera » la force explosive du café.

— Je t'écouterais tout la nuit, tellement tu racontes bien, monsieur Blanc.

— Oui, je sais. Quand on va en vacances dans mon village, à Roulé Boulé, je leur cause de Paris pendant des heures et des heures. Et ils veulent toujours encore et encore...

— Cette religieuse qui priait au côté du rouquin, tu as pu la voir malgré sa cornette ?

— Oui, je l'ai vue. Mais pas quand elle priait : quand elle est partie.

Il développe :

— Moi, je finissais de balayer la place, tu comprends, mon vieux ? J'avais réuni mon matériel et je filais au dépôt avec ma petite poussette. Bon, la religieuse sort.

— Tu es sûr que c'était elle ?

— T'es con, mon vieux : y en avait qu'une dans l'église quand j'y suis t'été.

— Je te demande pardon. Et alors ?

— Et alors elle sort par la petite porte, justement. Elle est passée devant moi juste, et elle a traversé la rue. C'était une sacrée belle religieuse, je te le dis, mon vieux. Le Seigneur, Il se mouche pas du coude ! Des yeux bleus comme les anges, mon vieux. Une figure en triangle.

Il se signe :

— Si j'oserais, sans blasphémer, dessous, ça ne devait pas être dégueulasse, mon vieux. Et tu sais, j'ai l'œil, mon vieux. Oh ! la la ! pour avoir l'œil, j'ai l'œil ! Moi, les belles gonzesses, tout en balayant, je les vois venir de loin !

Il éclate de rire. Sa superbe langue rose comme du jambon de Westphalie remue tel un lapereau dans son nid.

— Tu n'es pas musulman, monsieur Blanc ? Je croyais qu'au Sénégal...

— Dis, tu déconnes, mon vieux ! Je suis de l'élite. Mon grand-père était tirailleur sénégalais et il a gagné la guerre de Quatorze, quoi, merde !

— Donc, la religieuse était jolie ?

— Putain, mon vieux, l'autre nuit, ils ont passé un

film cochon sur Canal Plus, y avait une religieuse
dévergondée dedans, j'ai cru que c'était elle.

— Elle est montée dans une auto en quittant
Saint-Sulpice ?

— Penses-tu ! Tu crois que les religieuses ont des
autos dans Paris, toi ? Qu'il est con, ce flic ! A pince,
mon vieux, à pince ! Remarque, elle habitait pas
loin.

Il a l'art et la manière de me faire triquer du
cervelet, ce diable d'homme ! C'est la fée Marjolaine
déguisée en balayeur sénégalais chez qui j'ai sonné.
Et dire que s'il n'avait pas foutu sa musique de
chiasse au max de l'ampli, je n'aurais pas eu l'idée de
le contacter. L'existence, de plus en plus, je m'aperçois que c'est une étoffe tissée de menus hasards, de
rencontres fortuites, d'incidents à peine discernables
qui s'emboîtent. Quand tu as étalé le tout, tu
constates que ça forme destin. Rien n'a été inutile.
Tout avait sa juste place, sa signification en devenir.
Tout devait être conservé pour l'exécution du motif
global.

— Attends, monsieur Blanc, veux-tu dire que la
religieuse est entrée dans une maison, que tu as vu
cette maison et que tu sauras la retrouver ?

Son grand rire infini ! Il prend ses chiares insom-
niaques à témoin.

— Vous vous rendez compte comme il est con, ce
flic ! Je lui dis et il demande ! Mais faut te causer
comment, vieux ? Bien sûr que je sais retrouver sa
maison à la religieuse. Je passe tous les jours devant,
dis ! Mais où tu as la tête ?

Je me dresse, blême, fantomatique (je me vois
dans la glace aux cartes postales fixée au-dessus de la
desserte).

— Sois gentil, monsieur Blanc, viens me montrer
cette maison, je te ramènerai tout de suite après.

Lui, c'est pas un bêcheur. Partant au starter sans bavure. Il est déjà debout, gigantesque. Il biche un tee-shirt sur un dossier de chaise et l'enfile prestement, le lançant adroitement en l'air pour le faire s'ouvrir et y passant simultanément bras et tronche.

— On y va, mon vieux, on y va ; il faut pas t'énerver. Qu'il est con, ce mec, mais qu'il est con !

MA NUIT BLANC

Un taxi diesel teuf-teufe devant nous dans la rue *Vazydon-Monga* (1), cette artère étroite qui, partant de la rue *Fouille-mer II* (2) se jette en passant et pour en finir place des *Femmes en cloque* (3).

M. Blanc, qui n'a cessé de caresser l'exquis cuir fauve de ma Maserati pendant le trajet, s'écrie :

— On arrive, mon vieux. Je vais te faire voir où que c'est.

Un berceau providentiel me permet de placarder ma tire, bien qu'un clignotant rouge y interdise le stationnement.

Jérémie a du mal à s'arracher.

— Ce cuir, me dit-il, tu croirais franc la peau de ma femme, mon vieux. Sauf que la peau de ma femme est plus froide.

Nanti de cette précieuse information, je déhotte. J'adore ces ruelles du sixième, aux immeubles sou-

---

(1) Général français qui s'illustra en 14-18 par un ordre du jour proclamé en pleine nuit.

(2) Nom du premier bateau de Tabarly, à bord duquel il réussit la traversée du bassin des Tuileries, en 1908.

(3) Autrefois, la place des Femmes en cloque comportait une enceinte qui fut abattue à coups de fusil pendant les « Trois Glorieuses ».

vent ventrus comme s'ils avaient pris de la bonbonne
avec l'âge, et aux pittoresques boutiques où se
pratiquent des commerces comme il n'en existe pas
ailleurs : marchands de cartes marines anciennes, de
décorations, d'ouvrages consacrés uniquement à la
maladie du charbon chez le mouton à tête noire
d'Ecosse, marchands de boutons de vestes de chasse
du dix-neuvième ou de moulins à café à manivelle, il
y a là un foisonnement de petits magasins dont on se
demande par quel miracle ils permettent à leurs
propriétaires de survivre et si ces derniers, pour
« boucler », ne sont pas obligés de faire des pipes
dans leurs arrière-boutiques.

Le grand Noir (sans sucre) marche à longues
enjambées vers un mur jaunasse, agrémenté de
graffiti obscènes. Une double porte en fer perce le
mur. Ses deux vantaux sont plus qu'ouverts si je puis
dire : inrefermables parce que bloqués par une
rouille centenaire. Un liseré de ciment où s'étiolent
quelques plantes autrefois vertes qu'arrosent seuls
les caprices du ciel. Et puis une maison à deux
étages, branli-branlante. Les volets sont ouverts et
de guingois, les fenêtres sans rideaux et obscures.
Quelque chose de récemment abandonné flotte sur
l'immeuble. Sans doute a-t-on évacué ses précédents
occupants afin de le réfecter pour le fourguer ensuite
un saladier à des beurrés pleins de comptes étrangers ? Je vois ça comme ça, toujours est-il.

Le grand diable sombre me montre la construc-
tion.

— C'est là qu'elle a entré, mon vieux.

— Tu l'as suivie ?

— Par la force des choses, mon dépôt se trouve
place des *Femmes en cloque*.

— Eh bien ! c'est parfait, je te remercie, monsieur
Blanc !

J'amorce une volte. Il allonge un bras de trois mètres pour me stopper.

— Hé ! attends, tu rentres pas ?

— T'es dingue, t'as vu l'heure ?

— Ben, il est une demi-heure de plus que quand t'as sonné chez moi, mon vieux, non ?

— Chez toi, y avait une musique à t'en faire dégouliner la cervelle par les oreilles, j'avais pas peur de réveiller.

— Moui, c'est vrai, convient Jérémie.

J'ajoute pour faire bonne mesure :

— Et puis là, on sent bien qu'il n'y a personne.

Comme quoi faut jamais fournir deux raisons à ses actes quand une seule suffit. Voilà mon pote qui se marre.

— Si y a personne, c'est le moment d'entrer, non ? Maintenant on est peinards. Demain il fera jour, tu l'auras raide dans le cul, mon vieux. Raide comme un manche à balai.

Dis, Toto, tu sais qu'il a raison, Fleur de Tunnel ? Ça alors, mon vieux, c'est l'évidence même.

— Viens, me décide-t-il, si t'as besoin d'enfoncer une porte, moi c'est de la régalade.

Il traverse l'étroite chaussée. Je visionne autour de moi. *Nobody*. Silence. Juste quelques ombres, au loin sur la place : des pafs qui cherchent un cul, comme chaque *notte* à Pantruche.

Je le suis, on franchit la partie cimentée où crevassent les plantes en asphyxie déshydratante. Cette fois y a une lourde. Marrant, cette crèche me fait penser à celle où roupillaient Ted et Pâquerette à Montreux.

Jérémie prend déjà son élan pour biter la lourde, je le retiens de justesse.

— Hé ! modère-toi, monsieur Blanc, on joue pas *Rome ville ouverte !* Tu vas réveiller le quartier. Ça

ne dort que d'un œil un quartier, mon pote, t'as
toujours un vieux qui s'exerce aux agonies, un
amoureux qu'a des tourments ou un contribuable
des problèmes.

Je tire mon sésame.

— Qu'est-ce c'est ce machin, un passe ?

— A peu près.

Il me regarde boulonner, retenant son souffle. La
porte se rend et il s'écrie !

— Alors là, mon vieux, chapeau ! C'est du beau
boulot, mon vieux !

— Ta gueule ! chuchoté-je.

Et c'est pas commode d'intimer cet ordre à voix
basse. Comme il me casse un peu les roulements à
billes, je lui demande :

— Pourquoi dis-tu « mon vieux » à chaque phrase
que tu prononces ? Tu veux pas qu'on cherche
d'autres expressions de remplacement, ça te repose-
rait ?

Il s'enchifrogne.

— Oui, je vois, mon vieux, mais tu comprends,
c'est une expression où je roule moins les « r »,
comme font toujours les Africains. Si tu m'entendrais au téléphone, tu me prendrais pour un Africain ?

— Sûrement pas, mais il n'y a pas de gêne à être
africain, monsieur Blanc, ni à être noir, belge,
hémophile, catholique, voire même anglais.

Toute cette philo de bistrot en pénétrant par
effraction dans une maison. Faut, non ?

Bon, on entre. Ça forme un petit hall. Ce devait
être un hôtel particulier au départ, avant de connaître la honte des abandons et des déprédations.

Dès que tu t'occupes plus d'une chose ou d'un
être, il périclite. Y a que la nature qui, elle,
s'épanouit sitôt qu'on lui fout la paix. La nature

souveraine, embusquée, qui nous guigne tous pour dissoudre nos cadavres, investir nos demeures, englouir nos bagnoles et nos trains.

Les murs lépreusent affreusement, on a fauché la boule d'escalier, les serrures des lourdes et jusqu'aux carreaux de faïence qui devaient décorer l'entourage d'une ancienne fontaine de cuivre vert-de-grisé.

Je vérifie, gauche droite, les pièces sont vides, délabrées.

Jérémie s'indigne :

— Ils charrient, mon vieux ! Laisser ça à l'abandon pendant que tu as des putains de mecs qui s'entassent à huit dix dans un studio ; alors là, c'est la honte, mon vieux : en plein Paris, dis ! Et puis quoi, Seigneur, ça vaut du blé, l'emplacement, dis, en plein Paris, mon vieux.

C'est surtout ce second aspect du problème qui me fait tiquer. On ne laisse pas mourir un immeuble, même minuscule, au cœur du sixième ! Sans doute s'agit-il d'une histoire d'hoirie insoluble ? Doit y avoir des avocats et des notaires aux prises. Mais tout de même. Ça fait un bout, visiblement, qu'elle part en sucette, cette taule.

Je gravis l'escadrin. Il est en pierre jusqu'au premier. En bois du *first* au second étage. Les pièces du premier niveau ressemblent à celles du rez-de-chaussette : vides, délabrées, humides.

Consciencieux jusque z'au bout, je me farcis les dix-sept dernières marches grinçantes. Surprise : elles s'achèvent sur un étroit palier fermé par une porte de fer. Quand je te dis porte, c'est du haut de gamme. La vraie lourde de blockhaus, mon vieux. Elle rébarbate vachement.

Je renouche aussi sec que la serrure de sécurité qui la ferme, ça va pas être de la tarte aux airelles ! Tout de suite, à ses lèvres, tu piges qu'elle a pas le baiser complaisant. Pour la forcer, faut pas chialer sa peine, y aller en douceur, tout à la gamberge. Boulot d'acupuncteur chinetoque ! Si je la craque, celle-là, je pourrai, tout de suite *after* m'attaquer à Fort Knox et sucrer l'artiche ricain.

Je m'agenouille tandis que ce brave Jérémie tient le faisceau de ma loupiote braqué sur le corps du délit. Farfouille que farfouilleras-tu, je sue sang et os. Je sue comme je sue. Un petit zigougnet à droite. Pousse le taquet d'ancrage d'un cran, un friselis à gauche…

— Tu croyes que tu vas y arriver, mon vieux ?

— Ta gueule, tu me déconcentres !

Il aime pas qu'on le rebuffe, Blanchounet.

— Soye poli, mon vieux, on n'a pas gardé les phacochères ensemble, merde ! Ta putain de porte, moi je te l'ouvre d'un coup d'épaule, tu veux parier ?

— Elle est en fer, hé, pomme à l'huile ! Blindée, même, je soupçonne.

— Ecarte-toi, flic-mon-cul !

— Si tu t'es jamais luxé l'épaule et pulvérisé la claviculte en même temps, tu vas pouvoir réaliser l'exploit !

— C'est ce qu'on verra, mon vieux.

L'exiguïté du palier l'empêche de prendre un élan considérable, aussi se ramasse-t-il sur lui-même. Il devient compact en plein, le Jérémie. Tendu, bandé à outrance. Je ne peux m'empêcher de le trouver beau. Une affiche à la gloire des Jeux Olympiques ! Y a du jaguar, chez ce superbe Noir. Concentration. Il ferme les yeux, ramasse un max d'oxygène qu'il empile dans ses soufflets. Et c'est le rush infernal !

Ce qui succède, je mets un bout à piger. C'est pas évident tout de suite. Il y a le formidable impact contre la lourde. Et puis celle-ci s'ouvre. Un flot de

lumière inonde la scène. Le brave noirpiot continue
sa trajectoire dans des espaces illuminés. Il n'est plus
seul : des bras, des jambes sont plaqués à lui. Je
pense vite, mais tout de même. Je comprends qu'il
n'a pas enfoncé la porte, que celle-ci a été ouverte au
moment précis où il l'emplâtrait. Qu'il a ramassé sur
son passage la personne délourdeuse et que les voilà
partis dans une vaste pièce élégante. Ils la traversent, soudés l'un à l'autre, kif un dessin animé. Ça va
se terminer dans un poste de tévé énorme qu'ils font
exploser.

Tout s'achève dans un entremêlage de membres
blancs, de membres noirs, de tessons, d'éclats de
contre-plaqué, et d'accessoires mal définissables.

Je m'approche. Les cinq pas qui me sont néces-
saires pour gagner le lieu du sinistre me permettent
de prendre connaissance de l'endroit. Une pièce
extrêmement raffinée, tendue de lin bleu roi, avec
une moquette orangée, des canapés profonds
comme des tombeaux, dont un transformable en lit.
Toute une partie de ce local est équipée d'appareils
émetteurs, de vidéos, de trucs, de schmilblicks et
autres.

M. Blanc se dépêtre comme il peut. Le voici déjà
agenouillé devant une femme inanimée, dont je suis
pas sûr qu'elle eût encore une âme, tellement elle
semble raide comme barre.

Il exulte, Jérémie, malgré qu'il soit passablement
étourdi.

— T'as vu, mon vieux, cette putain de porte de
merde si je l'ai eue, dis ?

Je me penche sur la personne ravagée par sa
tornade de viande. Ma main cherche son cœur, ce
qui n'est pas désagréable vu que sa poitrine est très
présente, bien ferme, avec des embouts comme

j'aime pour souffler dedans. Le guignol bat, *god* soit
loué.

La personne télescopée présente une quarantaine
d'années en bonne et due forme, bien assumée. Elle
n'est pas empâtée, ni fanée, non plus que plissée.
Des séances répétées de *findless* et de lampe à brunir
la gardent fraîche et heureuse. Elle porte un pyjama
de soie fuchsia boutonné sur l'épaule. M'est avis
qu'elle dormait et qu'elle a mis du temps avant de
réaliser qu'on bricolait sa serrure.

En attendant qu'elle dévape, je me livre à une
exploration du studio. Dans la vaste penderie, je
découvre une foule de tenues disparates : de religieuse, de salutiste, de contractuelle, d'infirmière,
d'hôtesse d'accueil, etc. Dans la partie technique, il
ne me faut pas un million d'années-lumière pour
piger qu'il s'agit d'un centre d'émissions clandes-
tines. Un registre codé est enfermé dans un tiroir
fermé à clé, mais que je déferme grâce, cette fois, à
mon sésame.

Assis dans un fauteuil, les mains croisées entre ses
grandes jambes écartées, M. Blanc m'observe avec
intérêt.

— Putain, ce que tu fais flic, mon vieux, assure-t-
il ; on ne saurait pas, on comprendrait que t'es un
enculé de flic. Ça se voit à la façon que tu bandes dur
en jouant les fouille-merde. T'as une bite d'éléphant
quand tu fouinasses, mon vieux ! T'es presque beau
à voir, flic à un tel point, moi je trouve.

J'acquiesce.

Oui, sûrement qu'il a raison, le Jérémie. C'est
l'instant où je sors de ma réelle identité pour me
muer en salaud de poulet ! Mon côté Mr. Hyde !

Je feuillette le registre. Des noms, des indications,
mais rédigés dans un langage secret. J'essaie de
remettre ça en français, appliquant les méthodes

courantes comme le retournement des lettres, par exemple, ou bien la numérotation brouillée de l'alphabet ; mais ça reste muet. J'arrache une page du gros bouquin, très proprement, la plie et la glisse dans ma fouille. Après quoi je remets le registre en place et referme le tiroir.

La dadame en pyje est toujours dans la semoule et ça me paraît parti pour un brin de temps. Faudrait peut-être la soigner efficacement, qu'en penses-tu ? Non-assistance à personne à danger, c'est pas reluisant pour un Royco.

Jérémie continue d'attendre en étudiant mon comportement. Et mézigue Bibi, dit Moi-même, dit Sana, dit le Tombeur de Saint-Cloud, je commence à patouiller dans les angoisses. A me dire que je me suis probablement filé dans des emmerdouillages saignants. Que de quel droit, après tout, forcé-je la demeure d'une dadame. Même ses postes émetteurs et ses fringues pour bal masqué ne me confèrent pas l'autorisation de lui violer le domicile et de la tremper dans du sirop de coma, la pauvre biquette. Comment s'appelle-t-elle, au juste ?

Je me mets à la recherche d'un sac à main et j'en trouve quatre, tous plus Hermès l'un que l'autre, soigneusement rangés dans le tireroir d'une commode très commode (ou très pratique si t'as horreur des répétitions).

L'un d'eux, ainsi que je l'escomptais, recèle un portefeuille. Permis de conduire, passeport européen. La personne estourbie est Mme Ruth Booz, née à Monte-Carlo, le 4 septembre 1943, mariée, puis veuve d'un certain Hughes Naut et domiciliée à Typigekpuick, comté de Galway, Irlande.

Je note ces renseignements sur mon calepin magique.

Maintenant, faut que je vais prendre une décision

sans jambage avec l'occupante de cet étrange appartement.

— On pourrait lui filer de l'eau sur la gueule, mon vieux, suggère Jérémie, ça ne peut pas lui faire de mal ?

— D'accord.

Il pousse une porte donnant sur une kitchenette peu grande mais bien équipée et revient avec un pot d'eau et un torchon.

J'ai beau bassiner les tempes de la femme, comme il est pratiqué dans les bouquins du dix-neuvième cercle dans lesquels les dames riches chopaient des vapeurs pour un ouïe ou gnon, ça ne change rien à la situasse. Elle continue de rester aux abonnés absents. Ce qui me trimbale le mental dans des zones inhospitalières, c'est qu'elle a les yeux ouverts. J'ai beau promener mon doigt devant ses prunelles, elle ne réagit pas. Si son guignol ne continuait de battre la mesure à un rythme à peu près normal, on jurerait qu'elle est morte.

— Hé ! dis, vieux, je l'ai pas refroidie, au moins ? s'inquiète Jérémie. T'es témoin que c'est accidentel, putain d'elle ! Je lui voulais pas de mal. C'était juste pour te donner un coup de main, vieux. Tu le diras, quoi, merde ?

— T'occupe de rien, je te couvre.

J'hésite, puis je décroche le bigophone pour alerter Police-Secours. Appel anonyme. Je donne l'adresse, annonce qu'une femme est grièvement blessée et qu'ils se manient le rond pour la driver à l'hosto. *Ciao !*

— Allez, viens, monsieur Blanc, on se brise !

Pas besoin de lui envoyer une lettre recommandée avec accusé de réception pour le faire obéir.

Les deux étages à quatre enjambées, parole ! on s'engloutit dans ma bagnole ! A peine parvenu

boulevard Saint-Germain, on perçoit la corne de
Police-Secours dans les confins.

— T'es un sacré drôle de putain de flic, toi mon
vieux, jubile Jérémie. Un sacré putain de flic comme
toi, je savais pas que ça existait.

— Ben, tu vois, fils, tout existe.

— Qu'est-ce que tu vas faire maintenant ?

— Te déposer chez toi.

— Et après ?

— Poursuivre mon enquête.

— C'est quoi, poursuivre ton enquête, mon
vieux ?

— Prendre des dispositions, contrôler des choses,
donner des ordres...

— Tu vas pas te coucher ?

— J'irai dormir une autre nuit.

— Dis donc, vieux, ça te ferait chier si je venais
avec toi pour l'enquête ? Ça m'intéresse, mon vieux.
Oh ! bonté divine ce que ça m'intéresse !

— Eh, dis, il est tard ; ta femme t'attend.

— Ramadé, jamais elle m'attend. Si je viens, je
viens, si je viens pas, je viens pas.

— Faut que tu te reposes. A quelle heure prends-
tu ton travail ?

— Je le prends pas demain, c'est mon jour. Alors
dis, tu m'emmènes faire l'enquête ?

— O.K.

Je lui dois bien ça.

Pour commencer, nous passons par chez Mathias.
Note qu'il n'y a pas le feu. Je pourrais attendre
demain matin pour lui confier la page de registre à
décrypter ; mais moi, quand j'ai la rate au court-
bouillon, faut que ça saute !

Ils sont au plumzingue, naturliche. Et c'est sa

mégère qui vient guigner au judas. En m'apercevant, elle maugrée :

— Ah ! non, vous ne venez pas me le débaucher
en pleine nuit. Ça, n'y comptez pas !

Mathias qui l'a rejointe demande :

— Qui est-ce ?

— Ton charmant commissaire !

— Eh bien, ouvre, Ninette.

— Non, je n'ouvrirai pas. On laisse les gens
dormir. Nous avons de nombreux enfants, monsieur
le commissaire. Nous nous sommes épuisés et avons
droit au repos.

— Voyons, Ninette !

Ça continue de palabrer. Elle est féroce, cette
carne. Malgré leurs dix-sept chiares, j'espère toujours que le Rouillé va la laisser quimper, son
ogresse. Ça me ferait mouiller, si un matin il
m'annonçait qu'il a largué le pensionnat familial.

— Bon, tranché-je, eh bien je vous laisse, puisque vous ne voulez pas ouvrir. Je suis sûr que vous
vous plairez bien en Corrèze.

— Comment ça, en Corrèze ? hargnit le moche
tréteau.

— C'est à Tulle que je demanderai et obtiendrai
la mutation de Mathias, ma chère dame. Un mec qui
n'a rien dans son froc ne saurait rester à Paris. Vous
verrez comme il est vivifiant, le plateau de Mille-
Vaches. Comme ça, c'en fera une de plus.

La porte est débondée rapidos. La houri glapit
dans les sonorités de la cage d'escadrin :

— Qu'est-ce que vous venez de dire ? Une vache
de plus ! C'est à moi que vous faites allusion, espèce
de goujat ?

— Ninette, je t'en supplie ! bêle l'autre enviandé
de Rouquemoute qui se sent sur la route de la
destitution.

Mais elle trépigne, sa garcerie vivante. Monte sa sono à t'en faire exploser les baffles.

Mon pote Jérémie chope Mathias par un bouton du pyjama. Il tire un coup sec, le bouton lui reste dans la main. Il se saisit d'un second auquel il fait subir le même sort.

— Mais laissez-moi ! Qu'est-ce qui vous prend ? s'emporte mon collaborateur.

— Je te laisserai quand t'auras fermé la sale gueule de merde de ta putain de gonzesse, mec ! Une épouse qui me traiterait comme ça, je lui casserais la tête, mon vieux. Tu veux que je lui file un atout, à ta vieille, pour te montrer, dis ? Un homme, ça se respecte, mon vieux. Vas-y à coups de pied dans le ventre si nécessaire, mais écrase-moi cette saloperie de punaise !

Le Rouillé est au supplice. Il surabonde, côté adrénaline. Il lui en sort de partout : par le haut, par le bas, comme chantait la mère Piaf. Des vapeurs le bichent, des vertiges terribles. Tout se brouille dans son esprit : moi, son chef valeureux et hautement respecté, sa teignasse de bonne femme, le grand noircicot féroce prêt à briser des os et des ménages pour faire prévaloir la domination absolue du sexe fort.

Pour ajouter à ses confusions, deux ou trois de ses voisins, éveillés par l'altercation palière, surgissent en tenue nocturne ; pas contents du tout d'être dézonés par un boucan pareil ! Ils dégurgitent comme quoi c'est un comble de voir un policier rameuter l'immeuble au milieu de la *notte*. Et qu'il est glandu, cézigue, avec une gerce aussi ronchon, malgracieuse infiniment, qui jamais ne salue personne et dont la progéniture infernale fait tellement chier les autres locataires que tous ont envie de se natchaver des lieux.

4

Cette levée de fourches quasi chouane, lui cause une réaction terrible, à Mathias. Que, tu sais pas ? Perdant son self, il virgule une formide mandale à sa bobonne.

— Vouiiii ! crie l'assistance.

Dopé, il en balance une seconde, plus appuyée.

— Olé ! faisons-nous en chœur, devenus ibériques, voire même carrément andalous par la force magnétique du spectacle.

Alors, là, c'est la crise. Le Rouquemoute, il solde ses arriérés. Les autres voisins se pointent à qui mieux mieux : d'en bas, d'en haut, d'ailleurs. Mon précieux collaborateur dérouille carrément sa morue. C'est la grande rouste voyouse. L'avoinée du proxénète doublé.

Comment qu'il la tartine, sa petite médème, mon pote ! La dure mise en pièces. Il lui reste des poignées de cheveux dans la main. Il a les jointures écorchées. Il bave, il fait des « Rran ! », des « Tiens, salope ! », des « Voilà pour ta gueule, pourriture ! », des « Je vais te dépecer, paillasse ! », des « T'as fini de nous emmerder, salope ! », des « J'en peux plus, bourrique ! », des « Laissez-moi la tuer, cette sous-merde ! ».

Personne ne songe à s'opposer au funeste projet. Au contraire, on adhère pleinement. On est des loups pour l'homme, les hommes. Pour la femme aussi, en l'occurrence. On lui crie « d'y aller », à Mathias, « de la finir », de « la crever pour tout de bon ».

C'est la corrida sauvage. Les jeux du cirque. Le retour de Zorro.

— Cogne !

— Au foie !

— Descends-la !

— Mords-lui l'œil !

— Eventre-moi cette vache !

— Fais-lui gicler la cervelle !

— Arrache-z'y un bras !

— Bourre-lui le pif !

— A la mâchoire ; il lui reste encore des dents !

— Fais-y bouffer son Tampax !

— Coupe-lui l'autre oreille !

— Fous le feu à ses poils de cul !

— Une manchette à la pomme d'Adam !

— Retourne-lui les ongles !

— Ceux des pieds aussi !

— Elle bouge encore ; shoote-lui dans la tronche !

Il s'active comme un batteur Moulinex (ou Rotary, je m'en branle, j' suis pas le genre à palper des enveloppes sur la pub rédactionnelle).

Je peux pas te dire le temps que dure cette crise de folie, non plus que l'hystérie collective qu'elle a déclenchée. Les moments d'exception échappent à la notion de temps. Ils se situent dans une sorte de quatrième dimension.

Mais enfin, bon, ça cesse. La mère Mathias est affalée, sans connaissance sur son palier. Groggy, émiettée, truffée, brisée, en loques. Le Rouillé reste haletant comme un qui vient de réussir la traversée du Zambèze (à couilles rabattues) à la nage au point où ça bouillonne le plus terriblement.

Il se laisse glisser le long du mur. Il cache sa tête dans ses mains et se fout à chialer indiciblement.

Le public se tait. La gêne nous biche. On n'ose plus se regarder. Y a un colonel en retraite qui dit comme ça que les nuits sont fraîches pour la saison et qu'il a froid aux pieds.

Ça donne le signal. Les voyeurs se disloquent. Les hyènes retournent dans leurs niches. On reste plus que nous quatre : les Mathias, Jérémie et moi.

Je dis à Jérémie de porter madame jusqu'à son lit.
Il le fait.

Tout en coltinant ce pauvre être pantelant, il
déclare :

— Alors là, mon vieux, c'est chié la vie avec toi !
Putain, ce qu'on se marre !

Une fois au lit, la Mathias, je lui fous des
compresses un peu partout sur les points critiques.

Son julot revient en chancelant. Epave pire qu'a-
vant sa révolution de palais.

Ninette coasse quelque chose. Remue faiblement
une main en direction de son dérouilleur.

On prête l'oreille.

— Je te demande pardon, fait-elle. J'ai compris.

M. Blanc flanque une joyeuse bourrade à
Mathias.

— Tu vois que j'avais raison, mon vieux ! Elle
attendait que ça, ta gonzesse. C'est mauvais de leur
laisser la bride sur le cou ; elles sont les premières à
en souffrir.

— Maintenant, fais-je à Mathias, habille-toi et
suis-nous.

— Il faudrait peut-être appeler un docteur ? murmure-t-il en désignant le lit dont l'oreiller se teinte
de rouge.

Jérémie éclate de rire.

— Un docteur pour une petite trempe de rien du
tout ! Il est con, ce mec, non ? Ça, mon vieux, faut
dire ce qui est vrai : vous êtes chiément cons dans la
police, moi je dis.

Bien installé dans son labo, le Rouquemoute
s'abîme dans le travail, ce qui est la meilleure
thérapeutique contre les tracasseries de l'existence.
Je lui ai confié la feuille de registre arrachée et il se

penche sur ce jeu des sept erreurs comme Ophélie sur la source qui lui renvoie son image.

Rassuré sur son compte et comprenant que les fers de sa sagacité son bien au feu, je me rends, toujours flanqué de M. Blanc, à l'Identité judiciaire pour voir s'il y a des choses à apprendre à propos de Ruth Booz ; mais j'ai beau solliciter l'ordinateur, son nom ne « tombe » pas. Inconnue au bataillon des fichés qui l'affichent mal. L'idée me vient alors de programmer le blase d'Hugues Naut, son mari défunt, et là, surprise, je découvre qu'il a été mêlé à une enquête de police, non pas en tant que criminel, mais en qualité de victime puisqu'il a été assassiné en 1973.

Son dossier m'intéressant, je m'en saisis et file le consulter à tête reposée dans mon bureau.

— Il ne va plus rien se passer d'intéressant cette nuit, dis-je à Jérémie, tu devrais rejoindre ta base, je vais te faire reconduire à ton domicile.

Il secoue la tête.

— Non, non, j'aime mieux rester avec toi, mon vieux. Ça m'intéresse.

— Mais moi je vais lire, tu vois.

— Ben je te regarderai lire, mon vieux. Fais pas chier, t'avais promis, quoi, merde !

— Comme tu voudras.

Il range son cul dans un fauteuil de cuir râpé cependant que je me plonge dans l'assassinat d'Hugues Naut.

Biographie rapide du dénommé Hugues Naut :

Né à Paris en 1917.

Etudes au lycée Louis-le-Grand, puis à la faculté de droit de Nancy.

Entre à la Banque Golda Goldenberg en 1938 où ses qualités lui valent, malgré son jeune âge, un avancement rapide.

A l'invasion allemande, la banque appartenant à un consortium composé d'israélites est mise sous tutelle « aryenne ». Hugues Naut y continue son ascension et devient, avant la fin de la guerre, fondé de pouvoir.

Les propriétaires de la banque étant morts en déportation, l'établissement est vendu à un groupe de financiers. Naut en est le principal actionnaire.

Son irrésistible ascension dans les affaires le placera à la tête d'autres sociétés importantes.

Célibataire endurci, il partage sa vie privée avec beaucoup de conquêtes plus ou moins tapageuses, jusqu'en 1970 où, à l'âge de 53 ans, il convole en justes noces avec Ruth Booz. Le couple semble mener une existence mondaine jusqu'en juin 1973. Au cours d'un voyage d'affaires au Liban, pourtant paisible à cette époque, Naut est assassiné au volant de sa voiture, de nuit, sur le parking du casino de Beyrouth, la gorge et les couilles tranchées. Sa femme qui était demeurée à Paris fait des pieds et des mains pour que la police française coopère avec la police libanaise. Mais l'enquête menée tant à Paris qu'à Beyrouth ne donnera rien.

The End.

Juste comme j'achève ma lecture des différentes pièces du dossier, on toque à ma lourde. C'est mon chosefrère, le commissaire Levenin.

Un qui mérite bien son nom ! Aigrelet, comme personnage. Pas sûr de soi, mais sur (sans accent circonflexe) comme le lait tourné. Pas grand et furieux de sa taille ; puant de la gueule malgré le précieux concours des Etablissements Lajaunie, une poitrine très large avec l'épaule gauche si tombante que tu dirais une gerce essayant de se dénuder un nichemard. Il porte sempiternellement un complet noir froissé qui verdit comme la soutane du cher curé d'Ars, une chemise blanche douteuse et une cravate noire en tire-bouchon qu'il fourre sous sa chemise presque tout de suite à la sortie du nœud. Les joues bleues, les cils eczémateux, les manettes décollées et le nez tordu : *ecce homo,* comme ils disent à Mykonos.

Sa venue nocturne me surprend de court car on ne se fréquente rigoureusement pas. Deux excellentes raisons à cela : il me jalouse et je le méprise. Par ailleurs nos services n'ont jamais la moindre interférence.

— Salut ! lâché-je par politesse pure.

Il exécute un très vague hochement du chef et va se planter devant Jérémie. Le fixe avec intensité. M. Blanc finit par prendre ombrage de cet examen.

— Il veut ma photo, ce con, ou bien que je lui montre mon cul ? me demande-t-il.

La teigne pique sur mon pote comme un busard des Andes sur agneau crevé.

— Qu'est-ce que tu dis, moricaud ? On cherche des gnons ?

J'interviens :

— Ecrase, Levenin ! Mon ami ne te demande rien et tu viens le renifler comme tu respires les colombins jalonnant ta route quand tu te promènes.

Mon confrère me toise, bat des cils, ce qui fait pleuvoir sur ses revers cette espèce de neige enfermée dans des boules de verre pour figurer une tempête en montagne.

— Toujours aussi brillant, hein ? me dit-il.

— Il est tard, on marche sur le groupe cérébral d'appoint. C'est tout ce que tu avais à me dire ?

— Non, je venais te parler de M. Caramé.

— Le dur ou le mou ?

— Qu'est-ce t'entends par là ?

— Caramé le dur et caramel mou, tu saisis ? C'est

une pauvre astuce que je sous-titre bien volontiers
pour que tu puisses la comprendre. Cela dit, qui est
M. Caramé ?

— Un plombier à la retraite qui crève doucement
d'un cancer de la vessie. Ça l'oblige à se lever tous
les quarts d'heure ; pas marrant, hein ?

— J'aimerais faire quelque chose pour lui, mais je
ne suis pas spécialiste des voies urinaires, lesquelles,
comme celles de la Providence, sont infinies.

— Ce pauvre bonhomme habite au premier étage
d'un immeuble sis rue Mollasson, dans le sixième.

Là, je commence à entrevoir une lueur car la rue
Mollasson est celle où nous avons exécuté notre
coup de main mignon, M. Blanc et moi.

— Passionnant ; et alors ?

— Et alors, il y a une paire d'heures environ, son
attention a été attirée par le comportement de deux
types sortant de la maison d'en face : un Blanc,
élégant comme une pédale de luxe et un Noir
baraqué comme... comme môssieur, ici présent.

— C'est palpitant. Ensuite ?

— Ils ont pris place dans une Maserati blanche
pareille à celle qui se trouve dans la cour, en bas.

— Et qu'est-ce que le comportement de ces deux
hommes avait de surprenant ?

— Ils paraissaient pressés de filer.

— Pour quelle raison ?

— Parce qu'ils venaient de carboniser une dame.

— Qu'appelles-tu carboniser ?

— Fracture du crâne. On est en train de la
trépaner à l'Hôtel-Dieu.

Il vient s'asseoir sur le rebord de mon bureau,
d'une fesse insolente.

— Bon, me dit-il, si tu as des explications vala-
bles, tu les sors, sinon je fais mon rapport.

— Fais-le, mon grand ! Fais-le vite, sans trop de

fautes d'orthographe si possible, paraît que tu écris le français comme une bonne portugaise.

Mon ton tranquille l'agace, et plus encore ce qualificatif de « grand » dont je viens de le fouailler. Ses yeux de rat pesteux errent sur mon burlingue avant de se poser sur le dossier Naut dont le nom est calligraphié en belle ronde vachement moulée sur la couvrante verte. Levenin sourcille, sort des notes de sa poche, les vérifie et sourit.

— La pauvre femme dont on est en train de déballer les méninges est la veuve d'un type qui porte ce nom. T'a .oueras, le hasard est grand !

— C'est pas à moi qu'il faut dire ça ! fais-je en souriant.

Je lui tends le dossier.

— Tiens, je n'en ai plus besoin ; tu devrais lire ça. Là-dessus, tu m'excuseras, mais j'ai école.

Le v'là qui retrouve la verticale, ce qui ne le mène pas très haut. Il glisse le dossier sous son bras tombant, se grattouille les burnes avec deux doigts de joueur de billes.

— Je vois mal l'intérêt que tu as à te comporter ainsi, déclare Levenin. Honnêtement, je pige pas.

— Tu devrais bouffer de la laitance de poisson, grand. Je suis sûr que tu manques de phosphore.

Rageur, il s'évacue en faisant sonner ses talons trop hauts sur le parquet.

Il a les yeux rougis, Mathias. L'insomnie, certes, mais surtout le chagrin. Il ne se pardonne pas d'avoir avoiné sa rosière. Cette danse de Saint-Guy qu'il lui a fait interpréter sur leur palier, devant le front des troupes des voisins rassemblés, il ne pourra plus jamais l'oublier. Et la pauvrette, tisanée à mort, qui trouve la force et l'héroïsme de lui demander pardon ! Rien que d'évoquer cette frêle voix tuméfiée, sourdant péniblement d'atroces bouffissures, le

chavire, mon Rouquinos. Mea culpa ! mea culpa ! à
s'en défoncer le poitrail. Il va se faire une brèche
dans le thorax, ce grand nigaud devenu fou furieux à
force de se frapper le palpitant.

Ses mains tremblent. Il parle avec des hoquets
dans le gésier.

— Tu as défriché ce puzzle, Blondinet ?

— Oui, monsieur le commissaire. On a chiffré à
l'aide de la méthode Pétahouche qui consiste à...

— Je me tartine la prostate au beurre de cacahuètes de l'en quoi elle consiste, mon trésor.

— Vous avez tort, ça pourrait vous fournir une
indication : on part d'un livre donné. On choisit une
page. On...

— Oui, je sais, j'ai dû lire ça jadis dans le
Reader's Digest ou dans le *Journal de Mickey*.
C'était quoi, le livre ?

— Vous ne trouveriez pas si je vous demandais de
deviner.

— Alors, dis-le.

— *Mein Kampf* d'Adolf Hitler, et la page clé se
trouve dans le chapitre consacré à l'antisémitisme.

Il a raison, l'Incendié, c'est intéressant de savoir
ça.

— Je vous ai dactylographié la traduction du texte
figurant sur la page arrachée.

— Merci, mon fils, à présent tu peux rentrer chez
toi.

— Oh ! non, balbutie-t-il, il est trop tôt. Les
fleuristes ne sont pas encore ouverts.

Je me lève pour aller l'embrasser. C'est un grand,
Mathias. Un tout grand du métier. Un presque
irremplaçable. Le Père la Science !

— Comment as-tu découvert que le livre clé était
Mein Kampf ? Je demande.

Il hausse les épaules.

— Ce serait un peu laborieux à expliquer. C'est basé sur la répétition des voyelles et des consonnes. D'après leur fréquence et l'abondance des articles de trois lettres (der, die, das), j'ai déterminé que c'était de l'allemand. Partant de là, je me suis mis à chercher quel auteur avait été choisi. Il existe une règle automatique qui fait que lorsqu'on utilise cette méthode, on se réfère presque toujours à un classique célèbre. J'ai pensé à Goethe, puis à Schiller, mais les phrases de ces deux auteurs...

Il jacte, jacte, passionné par son sujet. Un vrai maître de conférence (il me la sort bonne, comme on disait à la communale). Comme ça me casse rapidement les bourses, j'entreprends de lire la feuille. Dès la deuxième ligne, j'ai pigé qu'il s'agit d'une étude relative à un personnage dont l'identité n'est pas précisée ; probablement parce qu'elle va de soi pour les intéressés. On décrit sa maison, son mode de vie, ses occupations professionnelles et ses loisirs. Et alors, c'est ce dernier point qui me crapatouille les régions sexuelles. Je lis et relis et relis avec bonheur le paragraphe suivant :

— *Fréquente presque chaque dimanche le golf de Saint-Nom-la-Bretèche où il joue avec son ami Blanche, architecte à Saint-Germain-en-Laye.*

Je lève les yeux sur Mathias.

— Et c'est ainsi que l'idée m'est venue de me rabattre sur *Mein Kampf*, comprenez-vous, commissaire ? est en train de conclure le Rouillé dont je n'ai pas suivi la démonstration.

— Admirable ! complimenté-je, au jugé.

M. Blanc prend la parole :

— Il en a dans la tête, ce con, assure-t-il. On dirait pas à voir sa pauvre gueule de con.

— Rien de plus à signaler à propos de ce papier, fiston ? demandé-je à mon esclave.

— Juste encore une petite chose, commissaire ; l'encre.

— Quoi, l'encre ?

— Ce texte remonte à plusieurs années car il a été tracé avec une encre violette qui ne se fait plus. Elle avait été conçue pour alimenter des stylos de luxe, mais elle était trop fluide et l'on a rapidement renoncé à sa fabrication.

— Chapeau pour la précision, gars !

Cette fois, Jérémie ne se tient plus :

— J'ai jamais vu un con aussi intelligent, assure-t-il, et pourtant, j'en ai vu des cons, mon vieux ! Ya ya, ce que j'en ai vu !

DEUDEUXIÈXIÈME PARPARTITIE

LES VISITEURS DE MONTE-CARLO

Elle lui donna le courrier à signer. Comme chaque fois qu'elle se penchait sur lui, son cœur piqua un sprint. Maurier était le genre de quinquagénaire auquel aucune femme n'aurait pu résister. Denise se dit qu'il touchait à la perfection masculine. Chaque fois qu'elle l'approchait (et la chose s'opérait quinze fois par jour), elle cherchait le défaut de cette admirable cuirasse : une faille, un manque, un détail déplaisant, sans jamais le trouver. Maurier n'était pas très grand, mais admirablement bâti. Musclé, sans le moindre embonpoint, il avait le cheveu poivre et sel, abondant et bien coiffé. Un teint brique d'acteur américain, le regard clair, brillant de volonté et d'intelligence, les traits nets et harmonieux d'un Mercure de médaille, le menton volontaire agrémenté de cette fossette qui est la marque des hommes de grande énergie. Toujours impeccablement vêtu de sombre, avec des sous-vêtements recherchés, il était élégant mais dégagé, contrairement à certains hommes trop apprêtés qui portent leurs vêtements coûteux comme des uniformes.

Il ouvrit le gros porte-courrier de cuir fatigué et se mit à parcourir chaque lettre d'un œil prompt et précis. Il « photographiait » la missive, la captait

d'un seul regard puis la signait d'un paraphe bref
dans lequel un graphologue aurait lu tout le caractère indomptable de cet homme.

Il posa une virgule manquante dans un paragraphe, ce qui fit défaillir Denise, rechargea un « s »
indécis, dû à une touche mal venue, acheva de signer
la dizaine de lettres et referma le lourd cahier d'un
geste déterminé.

— Merci, Denise. Rien d'autre ?

— Si. Il y a dans l'antichambre un couple de gens
qui demandent à vous rencontrer d'urgence.

— Ils n'avaient pas pris rendez-vous ?

— Non, monsieur.

— En ce cas, vous savez bien que je ne reçois
personne à l'improviste !

Denise rougit. Tout ce qui, venant de Maurier,
pouvait ressembler à un reproche la crucifiait.

Elle tenta de déglutir, mais sa glotte se coinça et
elle émit une sorte de petit couac de volatile.

— Le monsieur m'a dit qu'ils venaient vous
entretenir de la chose qui vous tenait le plus à cœur
en ce monde et que vous ne pouviez pas refuser de
les écouter.

Maurier hocha la tête. Ce n'était pas un homme
impressionnable et ce genre de langage le rendait
furieux sans stimuler sa curiosité.

— Dites à ces gens qu'ils prennent rendez-vous en
exposant succinctement l'objet de leur visite.

— Bien, monsieur.

— Ils n'ont pas donné leur nom ?

— Ils ont refusé.

— Et vous voudriez que je les reçoive !

Denise devint écarlate, ses jambes flageolèrent.
Elle glissa le porte-courrier sous son bras et quitta la
pièce.

Maurier consulta sa montre. Il décida qu'il passerait au club de tennis, histoire de disputer un set ou deux avec son moniteur. Il s'était mis à ce sport sur le tard, afin de maintenir sa forme et surtout de « se changer les idées ».

Il vissa le capuchon de son stylo à encre, un Cartier en or guilloché « qu'elle » lui avait offert dix-huit ans en arrière. D'instinct, il leva les yeux sur la photographie posée devant lui et qui « la » représentait vêtue de blanc, assise sur le dossier de la banquette de son Riva. Si blonde, si claire, si rieuse. Image de vie heureuse que n'importe quel magazine féminin aurait publiée pour illustrer un texte sur le bonheur. Leurs regards se croisèrent, se prirent, s'entrepénétrèrent. Il y eut une seconde de folle, d'impossible connivence entre eux deux. Puis la photographie redevint un papier glacé et lui un homme seul.

On toqua à la porte.

C'était Denise. Elle semblait au supplice.

— Ecoutez, monsieur, ces gens...

— Permettez ! fit une voix.

Elle dut s'écarter pour laisser pénétrer le visiteur obstiné.

— Monsieur, vous avez des façons bien cavalières ! s'exclama Maurier en se dressant, prêt à faire le coup de poing si besoin était.

L'âge de l'arrivant, de même que la femme qui l'escortait, calma un peu ses craintes. Le couple n'était pas jeune : la soixantaine environ. L'homme et sa compagne ressemblaient à des rentiers de fraîche date, vêtus en petits-bourgeois. Maurier nota que l'individu qui forçait sa porte avait les traits décidés et le regard malin.

— Pardonnez-nous, fit-il à Maurier. Je ne vous demande que cinq minutes de conversation et je vous jure que vous ne les regretterez pas. Ce que nous avons à vous dire mérite que vous l'écoutiez !

Un léger sourire bonasse éclaira un court instant son visage. La femme sourit à son tour. Elle avait une espèce de gaucherie attendrissante de petite commerçante propulsée chez des gens de condition.

Maurier se sentit désarmé.

— Asseyez-vous, fit-il à la visiteuse en désignant l'un des deux fauteuils placés face à son bureau.

— Merci, dit l'homme en s'abattant dans l'autre.

Puis il se tourna vers Denise, toujours fichée dans l'encadrement de la porte, marquant par son insistance qu'il souhaitait la voir disparaître.

— Laissez-nous, mon petit, lui lança Maurier.

La secrétaire s'éclipsa.

— Je n'ai pas compris votre nom ? fit Maurier à ses visiteurs.

Ce rappel à la correction amusa le bonhomme.

— Vous avez de bonnes raisons pour cela, pas vrai ? Puisque je ne vous l'ai pas dit et que je ne vous le dirai pas.

— Et pourquoi ne me le direz-vous pas ?

— Mais par discrétion, mon bon monsieur.

Cette fois il eut un vrai rire presque joyeux, un rire sincère qui dénotait une surprenante sérénité intérieure.

Sa compagne toussota. Elle semblait intimidée par la classe de Maurier et par la qualité de son environnement.

— Tu ne devrais pas abuser du temps de monsieur, fit-elle, déjà qu'il a la gentillesse de nous recevoir...

Le visiteur approuva.

— Bon, fit-il, entrons dans le vif du sujet. Monsieur Maurier, il s'est produit un terrible drame dans votre vie, l'an passé, n'est-ce pas ?

— En effet. En quoi cela vous concerne-t-il ?

— Tous les journaux en ont parlé. Il paraît que vous formiez un couple heureux, votre épouse et vous ?

— Je préfère ne pas parler de cela, trancha l'industriel.

L'autre fit la moue.

— On va bien être obligés, car c'est justement de cela que nous venons vous parler. Vous habitiez Paris, Neuilly pour être précis, exact ?

— Continuez.

— Un matin, après votre départ pour l'usine, quelqu'un a sonné chez vous. C'était jour de congé de votre femme de chambre et c'est votre épouse qui est allée ouvrir. Elle a trouvé sur le palier deux hommes dont la concierge a très vaguement fourni le signalement par la suite. Ces deux hommes ont menacé Mme Maurier, ils sont entrés, l'ont ligotée sur une chaise et se sont mis à la torturer pour lui faire dire la combinaison du coffre qui se trouvait dans votre bureau. La pauvre femme ne la connaissant pas, ils se sont acharnés sur elle. L'ont violée l'un et l'autre, et, pour en finir, lui ont logé deux balles dans le corps. Je vous demande pardon d'évoquer ces horreurs, mais c'est bien cela, n'est-ce pas ?

Maurier acquiesça. Il était blême. Sa mémoire criblée de visions atroces le ramenait à ce jour abominable où il avait trouvé sa femme mutilée, ensanglantée et sans vie sur le couvre-lit de fourrure blanche de leur chambre. Le bout de la nuit !

Il ferma un bref instant les yeux pour mieux se replonger dans l'insoutenable vision. Lorsqu'il les rouvrit, il fut frappé par le regard profondément apitoyé de la femme. Elle comprenait l'intensité de sa douleur et en éprouvait une émotion dont il ne doutait pas qu'elle fût sincère.

— Je vous plains, murmura-t-elle.

Là encore, incapable de parler, il s'en tira par un vague hochement de tête.

— Monsieur Maurier, reprit l'homme. La police n'a jamais pu mettre la main sur les deux crapules et a fini par laisser tomber l'enquête. Faut dire qu'elle ne chôme guère... Alors je viens vous annoncer une nouvelle qui risque de vous mettre un peu de baume au cœur : nous avons retrouvé les deux saligauds et nous tenons le meurtrier à votre disposition.

Maurier eut du mal à comprendre.

— Qui, « nous » ? interrogea-t-il.

— La petite organisation à laquelle nous appartenons. On vit une époque où il y a de la place pour des... mettons milices, pour des milices privées. Elles suppléent l'incurie de la police. Travaillant en franc-tireur, n'ayant aucune contrainte administrative et étant composées de gens motivés, elles obtiennent de bons résultats.

Il sourit :

— La preuve, dans votre cas.

— Vous êtes bien certains d'avoir arrêté les coupables ?

— Absolument. Outre leurs aveux complets, nous avons récupéré l'arme qui a tué Mme Maurier.

— Vous dites que vous tenez le meurtrier à ma disposition ?

— Et je ne m'en dédis pas. Vous avez l'occasion inespérée de venger votre femme de la manière qu'il vous plaira de choisir. Vous avez la possibilité de le couper en morceaux, de l'égorger, de le noyer dans une baignoire, de le tremper dans de l'acide, de le pendre haut et court, d'y mettre le feu ou de lui bourrer la gueule de coton hydrophile jusqu'à ce qu'il en crève. Une fois liquidé, nous nous chargeons de faire disparaître sa sale carcasse à tout jamais, monsieur Maurier. Donc, VOUS NE RISQUEZ RIEN !

Maurier avait l'impression d'assister à un mauvais film de série « B ».

— Où est-il ?

— A l'étranger et en lieu sûr.

— Je suppose que ce genre d'opération se paie très cher ?

Son vis-à-vis se rembrunit. Ce fut sa femme qui laissa éclater leur commune indignation :

— Pour qui nous prenez-vous, monsieur Maurier !

Son compagnon mit sa main sur le genou de sa compagne.

— Calme-toi, fit-il. Je conçois que notre proposition surprenne. Mets-toi à la place de monsieur.

Puis, à l'industriel :

— Nous n'agissons pas pour de l'argent, sinon nous serions des gredins pareils à ceux que nous recherchons. Dites-vous bien que ces deux misérables doivent payer. Pour l'un deux c'est déjà fait, l'autre est en attente. On vous donne, en qualité de victime, un droit de préemption, voilà tout. Si vous ne l'exécutez pas, nous nous en chargerons. Il arrive d'ailleurs que des gens animés par l'esprit de vengeance acceptent notre proposition et se dégonflent au dernier moment. Ils préfèrent être simples spectateurs car tout le monde n'est pas capable de tuer, fût-ce une ordure qui a détruit les êtres que vous aimiez. Evidemment, la seule condition exigée est une totale, une absolue discrétion. C'est d'ailleurs votre intérêt car si la chose se savait vous seriez fatalement impliqué.

Maurier demeura muet un bon moment. Denise

demanda par l'interphone si elle pouvait s'en aller. Il répondit que oui et lui souhaita une bonne soirée.

Ensuite le silence retomba sur le trio. Les deux visiteurs le respectaient, sachant quel débat intérieur secouait cet homme. Ils devinaient son incrédulité, son excitation, ses craintes. Toute cette exaltation, cette confusion mentale qui le mettait à vif.

— Si vous avez arrêté le meurtrier, pourquoi ne le livrez-vous pas à la justice ?

— Pour qu'il sorte de prison dans cinq ou six ans ? tonna le bonhomme ; c'est cela que vous souhaitez ?

Il se dressa.

— Bon, le fait que vous posiez cette question indique que vous n'êtes pas apte à venger vous-même votre épouse, monsieur Maurier. C'est votre problème, pas le nôtre. Essayez de garder tout cela pour vous, encore que nous ne craignions pas grand-chose.

La femme s'était levée à son tour pour se placer au côté de son compagnon. Ce devait être sa femelle. Elle avait des gestes de soumission quasi animale.

— Ne tirez pas de conclusions hâtives, monsieur, fit Maurier avec âpreté, je me chargerai personnellement de châtier ce bandit.

— Vraiment ?

— Vraiment !

— Je le savais, dit la femme.

Et elle sourit à Maurier.

— Vous me dites qu'il se trouve à l'étranger, puis-je savoir dans quel pays ?

— Vous en serez informé le moment venu, éluda le « Justicier ». Ce sera pour la fin de la semaine.

DE LA NUIT BLANC
AU MATIN BLANCHE

Tout en pilotant dans un Paris désert, en direction de l'autoroute de l'Ouest, je me laisse assaillir par la foule d'éléments qui se pressent contre les parois de mon esprit (1).

Je revois le festival, la petite Mandoline en train de me gloutonner le polduk ; Pâquerette et son julot anglais, nus sur leur grabat ; le type mort dans la salle enfumée ; le Gros examinant le cul de son hoir pour y lire la preuve de sa paternité ; le désespoir de la grosse Pâquerette dans son appartement dévasté ; le café visqueux pris chez Jérémie Blanc ; notre descente dans cet immeuble fou du quartier Saint-Sulpice ; la femme emplafée ; les appareils sophistiqués rassemblés dans le studio inattendu ; la feuille de registre arrachée ; Mathias pris de fureur, dérouillant sa lamdé dans l'escadrin ; le surgissement du commissaire Levenin, plus fielleux et salope que d'ordinaire ; enfin mon cher bébé rouge de Mathias m'apportant en chialant de misère la solution du casse-tête que je lui avais soumis.

(1) Je n'irai pas par quatre chemins : le style de San-Antonio est somptueux !

Sainte-Beuve (2)

(2) Priez pour nous !

— A quoi tu penses, mon vieux ? demande
M. Blanc.

— Je donne un petit coup de périscope sur cette
affaire.

— T'es comme moi, mon vieux, t'arrêtes pas de
gamberger, note-t-il.

— Toi, tu penses à quoi ?

— Que le mois prochain je vais aller en vacances
au Sénégal, mon vieux. Là-bas, je suis la vedette.

— Tu leur montres ton diplôme de premier
balayeur de France ?

Il rit.

— Non ; ils croivent que je suis un grand joueur
de fote-balle. Avant de partir, je dirigeais le clube de
notre village. Je suis venu en France pour faire une
carrière dans le ballon rond, comme on dit dans
l'Equipe. Mais j'ai rien trouvé, alors je me suis fait
balayer, mon vieux. Seulement, au pays, on me croit
avant-centre de l'équipe de France. La dernière fois
que je suis allé chez nous, ils m'ont demandé de faire
une exhibition. Heureusement, ils n'avaient pas
coupé l'herbe sur le terrain et on a joué dans le foin ;
j'ai fait un malheur tout de même…

— C'est beau, la foi, murmuré-je ; quand les gens
croient en toi, c'est même plus la peine de croire en
eux : ils font les demandes et les réponses.

Et puis nous arrivons à l'autoroute.

Cinq minutes plus tard, j'enquille la bretelle pour
Saint-Germain où naquit le Roi-Soleil. Mais il fait
encore nuit noire, la lune étant de congé.

Jérémie fume une cigarette froissée sortie de son
jean. Moi, je suis en train de me demander ce que
Ted of London pouvait bien maquiller dans l'église
Saint-Sulpice en compagnie d'une fausse nonne.
Dommage que cet empafé de Levenin soit sur ce
coup, il risque de le chanstiquer, l'affreux. Je te

parie un car de police contre un quart Perrier qu'il va foutre ses pattounes cradingues sur tout ce qui pourrait faire progresser ma propre enquête. C'est un vrai moustique porteur de fièvre jaune, ce gonzier !

Une maison neuve qui jure avec le style Ile-de-France des autres constructions, dans une voie résidentielle de Saint-Germain. D'ailleurs, tout est « résidentiel » dans cette aimable cité qui, bien que proche de Paris, garde ses distances avec lui. Sur la porte, une plaque de cuivre discrète indique : « Arsène Blanche, architecte. »

Tu vois ?

Je sonne malgré l'heure inconforme. Il est quatre plombes du mat'. Faut-il avoir la nervouze chambrée pour oser des visites à cet instant de la nuitée (comme on dit en langage hôtelier) ; faut-il avoir peu de considération pour la quiétude bourgeoise de ses contemporains !

Jérémie, demeurée dans la voiture, sur mes instances, branche ma radio de bord, et ça se met à viorner sur toute la Seine-et-Oise par sa portière ouverte.

Une voix féminine, un tantisoit peu angoissée, filtre d'un parlophone :

— Qu'est-ce que c'est ?

— Police !

— Vous avez des papiers qui le prouvent ?

— Naturellement.

— Que voulez-vous ?

— Cinq minutes de conversation concernant une affaire importante et donc urgente.

— Mettez vos papiers dans la boîte aux lettres, à gauche de la porte.

— O.K.

Je glisse ma brème martyrisée par la nichée sénégalaise de M. Blanc dans la fente à rabat.

J'ai fourbi mes moustaches additionnelles avec le coin de mon mouchoir humecté, mais ce qui subsiste donne à ma photo un petit air douteux.

Au bout d'un moment, je perçois du bruit de l'autre côté de la porte. La voix féminine dit :

— Qu'est-ce que c'est que cette carte ?

— La pièce officielle d'un commissaire principal, je sais que la photo est un peu barbouillée d'encre, mais cela n'ôte rien à l'authenticité du document. Ne craignez rien. Voici, en supplément, mon permis de conduire comme pièce d'appoint. Là-dessus, la photo est ancienne, je n'avais pas encore les traits aussi affirmés et ma séduction naturelle n'en était qu'à ses balbutiements, cependant on me reconnaît parfaitement.

Le permis et le ton que j'emploie dissipent les ultimes craintes et on m'ouvre en partie. En partie seulement puisque la porte est équipée d'une chaîne de sécurité. Un demi-regard, composé d'un œil droit, examine le maximum de mon physique de théâtre. Je dois être rassérénant car cette fois on supprime le dernier obstacle.

— Entrez !

J'entre.

Eh, oh, pardon, docteur ! La dame, tu parles d'un lot à emporter ! Comme dans mes rêves les plus fous, après trois heures de chemin de fer quand les trépidations du convoi te flanquent le tricotin et t'obligent aux songeries polissonnes !

Une femme d'une trente-deuxaine damnée, blond-vrai, avec des tifs dénoués qui lui pleuvent jusqu'aux miches. Elle porte une agaçante chemise de nuit noire, bourrée de dentelles godantes. Les manches largement échancrées laissent découvrir ses seins pour peu qu'elle se mette de profil, et ceux-ci sont exactement comme je les raffole : copieux, fermes, avec les pointes qui rebiquent. Bien que le soubassement se perde dans les plis du vêtement, tu te rends compte qu'il est à l'unisson.

Tu veux que je te cause du visage ?

Tu te rappelles cette actrice qui s'appelait Catherine Deneuve ? Presque ça ! Calme, mystérieux, vigilant, harmonieux. Un grand regard à la fois enjoué et attentif. Une bouche que... Qui... Mais alors bien !

Je reste un instant interdit, respirant le charme capiteux de la découverte.

— Confus de vous réveiller en pleine nuit, madame.

— Mademoiselle, rectifie-t-elle.

Mademoiselle ! Encore, belle commak à trente balais passés ? Mais qu'est-ce qu'ils branlent, les mecs ? Eux-mêmes ? Oui, probable. C'est vraiment laisser le caviar pour compte !

— Je voudrais parler à M. Blanche.

Elle rembrunit instantanément.

— Mais...

— Oui ?

— Mon père est mort depuis quatre ans !

Oh ! merde ! Il l'avait bien précisé, Mathias, que l'encre datait de lulure !

— Je vous demande pardon, je l'ignorais.

Ne perdant pas les pédales, elle questionne :

— En quoi saurait-il être mêlé à une affaire urgente ?

— Heu, c'est compliqué...

— Venez vous asseoir.

La crèche, c'est vraiment une idée d'architecte. Il s'est payé du futuriste avant de clamser, Arsène Blanche. Y a pratiquement pas de murs intérieurs

dans sa masure. A la japonouille, tu piges ? T'as une
vue d'ensemble sur tout. Pas joyce quand tu brosses
une polka au panard tonitruant : tout le monde en
profite. C'est des niveaux reliés par des escaliers
aériens, sans rampe pour être plus légers. Tu rentres
schlass *at home* et t'as droit à des fractures. Une
panne d'électraque, tu te fraises la gueule, garanti !

Elle m'entraîne au livingue situé un demi-étage plus
bas que l'entrée. Au centre, la hotte de verre d'une
cheminée circulaire, dont le conduit de cuivre
s'élance dans les hauteurs. Une œuvre d'art, quoi.
Des canapés font cercle autour de l'âtre.

Elle m'invite à y déposer cette partie de moi-
même qui, lorsqu'elle est dénudée, ressemble tant
au portrait du général Jaruzelski.

J'obtempère, et elle prend place non loin. L'arc de
cercle nous dispose de trois quarts l'un par rapport à
l'autre. Je vois son sein gauche : le plus réussi ! Ça
me trouble, mais étant l'homme des situations
critiques, je parviens à me ressaisir à deux mains.

— Je suis à la recherche d'un homme dont la
seule chose que je sache, c'est qu'il jouait au golf
avec votre père, le dimanche, à Saint-Nom-la-
Bretèche. J'ignore son identité et je comptais sur M.
Blanche pour me la révéler.

Un temps.

— Peut-être serez-vous en mesure de m'aider ?
risqué-je.

Elle a un geste décourageant.

— J'ai vécu aux Etats-Unis pendant sept ans et ne
suis rentrée en France qu'à la mort de mes parents,
tués dans un accident de la route. Lorsque je suis
partie d'ici, mon père ne s'était pas encore mis au
golf ; à travers les lettres que je recevais de ma mère,
il semblerait que cet engouement n'ait été qu'un feu

de paille. Papa travaillait trop et était trop intellec-
tuel pour s'adonner vraiment à un sport.

— Eh bien, soupiré-je, c'est ce qui s'appelle jouer
de malchance. Vous est-il possible de me fournir la
liste de ses amis?

— Il avait énormément de relations mais pratiquement pas d'amis.

Je sors mes annotations prises en lisant la « traduction » de la feuille de registre réalisée par
Mathias.

— Parmi lesdites relations, auriez-vous souve-
nance d'un monsieur marié, ayant une fille et deux
garçons, habitant une grande demeure proche de
Paris et roulant dans une Cadillac dite Seville de
couleur gris métallisé?

Mon hôtesse réfléchit scrupuleusement.

— Non, franchement non, ça n'évoque personne
pour moi.

— Dommage.

On baigne un instant dans un silence morose.
Silence plus que relatif car, au-dehors, le gars
Jérémie continue d'écouter à pleins baffles sa musique paroxystique. Sur quelles ondes de quel pays
est-il allé dénicher cet enfer sonore, le noirpiot?
Irrésistiblement, ça m'évoque le festival de Montreux. La grande salle avec ses techniciens de télé
qui s'activaient au milieu de la foule...

— Je crois que vous avez oublié d'éteindre votre
radio, murmure mon interlocutrice.

Je me lève.

— Je vais me retirer, fais-je civilement, côté Sana
mondain au bal des Débs.

— Vous ne voulez pas que je prépare un café?
propose-t-elle. A présent que je suis réveillée, j'en
prendrais bien un.

— Volontiers, c'est gentil. Je vais fermer mon poste.

Le plus pas pensable, c'est que Jérémie en écrase au milieu de son boucan de merde ! Il dort comme un chérubin noir dans une chambre insonorisée tandis que cent batteries en folie percussionnent à tout va !

J'éteins la radio. Ça le réveille.

— Hello, mon vieux ! T'as fini, on s'en va ?

— Pas tout de suite. Surtout ne rebranche pas le poste : le préfet des Yvelines a déjà téléphoné pour dire que les gens de Saint-Germain prenaient les armes pour venir nous lyncher.

— Ce serait pas le premier nègre à qui ça arriverait, assure flegmatiquement M. Blanc.

Il se desautote (1) avec la souplesse d'un boa qui se love (*you*).

— Oh ! puis tiens, je vais avec toi, mon vieux.

— C'est-à-dire que j'ai une conversation d'ordre privé...

— Je me boucherai les oreilles.

Non seulement il me suit, mais encore mieux : il me précède. Le v'là qui entre chez son presque homonyme. L'autorité tranquille de ce mec, je te jure ! Impressionnant !

Et alors quand nous sommes chez mon hôtesse, cette dernière pousse un grand cri en voyant Jérémie... Son admirable visage se révulse, et je me demande même un pneu s'il convulse pas carrément ! C'est te dire. Elle tend les mains en avant en balbutiant : « Non ! non ! non ! » par trois fois,

_____

(1) Ce qui veut dire qu'il sort de l'auto, tu l'auras compris, malgré ton Q.I. au-dessous du niveau de la mer.

comme le coq de saint Pierre. Et puis, vzoum ! Au tas ! La pauvrette s'évanouit sur la moquette.

— Qu'est-ce qu'arrive à cette pute, mon vieux ? demande M. Blanc, interdit.

Je m'empresse auprès de la môme. Ils font quoi dans les romans de Georges Ohnet lorsqu'une petite baronne s'évanouit ? On lui bassine l'estampe ? Vitos : une serviette mouillée. Et puis aussi on lui fait respirer des sels. Comme je n'ai que du Cérébos sous la pogne, je me rabats sur le vinaigre.

En moins de jouge, la fragile enfant bat des ramasse-miettes et me restitue son regard de madone.

Mais, revoyant Jérémie, elle se remet à crier.

— Casse-toi, grand ! intimé-je à mon pote, tu vois bien que tu la fous en transe !

— Tu sais pourquoi, mon vieux ? Parce que c'est une enculée de raciste, cette pute ! Voilà pourquoi, mon vieux, faut pas chercher !

Il s'en va en claquant la lourde avec humeur. Pour se venger, ce grand veau doux (je n'ai pas dit vaudou) rebranche la radio à plein bitos, que les vitres en tremblent comme d'un bombardement.

Ma ravissante hôtesse est agrippée à mon cou. Elle tremble et castagnette des croqueuses.

— Voyons, lui fais-je, ne vous mettez pas dans un pareil état, comme dirait Charles Quint, Jérémie est un excellent garçon.

— J'ai cru devenir folle en le voyant.

Par bribes, en sanglotant, elle me révèle la raison de sa terreur.

Un soir, lorsqu'elle vivait aux Etats-Unis, un homme a sonné à son studio de Philadelphie. C'était un grand Noir qui ressemblait trait pour trait à M. Blanc.

Elle lui a demandé ce qu'il voulait, en guise de

réponse il a ouvert sa braguette et lui a montré un braque en trois dimensions tellement imposant qu'elle a cru qu'il planquait un nain dans son bénoche. Elle a cherché à refermer la porte, mais le Noir l'a repoussée. Il lui a tiré un taquet au menton qui a mis la pauvre petite k.-o. Quand elle est revenue à elle, il était en train de la violer.

L'abomination de sa vie ! Elle peut plus oublier. Depuis dès lors, elle n'a jamais refait l'amour, impossible ! La brute était échappée d'un asile d'aliénés. Elle a été reprise la semaine suivante après avoir commis d'autres viols, dont l'un accompagné de meurtre car sa victime l'avait mordu à la jugulaire.

Triste histoire. Une fille comme elle ! Quelle navrance !

Tututuuuuut ! fait sa cafetière automatique depuis la cuistance.

Nous nous y rendons.

— Je peux vous demander comment vous vous appelez ? susurré-je.

— Blanche.

— C'est là votre patronyme, j'aimerais connaître votre prénom.

— Blanche ! Mon identité est Blanche Blanche. Papa l'a voulu ainsi pour que, si je me mariais je ne perde pas son nom.

— Sympa.

Elle verse le caoua. Moi, je la trouve formide, la môme. Ce qu'il a dû se régaler, le violeur de Philadelphie. Circonstances atténuantes devant une merveille de ce calibre, tu ne trouves pas ?

Ça me navre qu'elle ait renoncé à la bouillave, la môme. La nature s'en trouve lésée, moi je pense. Des loloches de ce haut de gamme, et un joufflu aussi capiteux qui restent au magasin des accessoires, ça afflige tout le genre humain ! Je lui devine un frifri somptueux qui n'a pas le droit de s'éterniser sur le banc de touche, merde !

Alors, ma cervelle se met à bouillonner. Des idées pas tristes m'affulent. J'ai le mafflu qui commence à trépigner dans sa camisole de force. Blanche me présente une tasse. Je la prends et souffle dessus. Je contemple la déesse à travers la vapeur du café. Ça l'idéalise davantage encore. Bon, à toi de jouer, l'artiste. L'heure de ton entrée en scène va sonner au beffroi de ton calcif.

— Blanche, il faut conjurer ce sort qui vous prive d'un grand bonheur terrestre. Vous ne pouvez demeurer plus longtemps la proie d'un tel complexe.

Elle hausse les épaules.

— J'ai vu des psychiatres. Ils ne sont pas parvenus à me guérir.

— Voulez-vous me faire confiance et tenter une expérience avec moi ?

Elle se ferme, kif l'escarguinche dans sa guitoune.

— Quelle expérience ? Qu'entendez-vous par là ?

Oh ! la la ! C'est pas encore dans la vaseline ! Comment qu'elle se braque la fillette.

— Je vais aller chercher mon ami et vous lui parlerez. Forcez-vous, que diantre !

— Non, non !

— Il le faut ! Je vous prends en charge, je vous assume pleinement, comprenez-vous ? Il vous suffit de vous laisser aller.

Sans attendre, je retourne quérir M. Blanc. En deux mots lui narre le cas de Blanchette. C'est un balayeur intelligent, il comprend. Il est prêt à réparer les dégâts provoqués par le Noir d'Amérique, ce Noir de France. Belle âme chevaleresque ! Ah ! si tous les Sénégalais du monde voulaient me donner la main !

Elle est saisie du même frémissement convulsif.

— C'est lui ! dit-elle. C'est tout à fait lui !

— Mais non, voyons, ma douce amie... Impossible. Jérémie habite la France, il est employé de la ville de Paris. Il a une femme, des enfants exquis, un appartement bien entretenu et la confiance de ses supérieurs...

« Calmez-vous, mon petit oiseau des îles. Là, vous êtes contre moi. Tout contre. Vous pouvez sentir battre mon cœur à travers mon veston. Vous le sentez ? Bougez pas, je pose ma veste pour que vous le perceviez mieux. »

De son côté, M. Blanc entre dans le jeu.

— Faut pas vous méprendre, môme, dit-il à ma reine Blanche, je suis un mec tout ce qu'il y a de réglo, moi. Mon grand-père a fait le poilu de Verdun en 14-18 et je suis moniteur de fote-balle au Sénégal.

Elle fait l'impossible pour se maîtriser, la chère chérie. Et mister mézigue, un tricotin de première classe, tu penses, à force de m'en faire un cataplasme, cette merveilleuse. Je la tiens par-derrière, en prise directe. Mes deux paluches remontent de sa taille à ses seins.

Puisqu'il est possible de parler les mains pleines (c'est la bouche pleine qui fait pas convenable !), je me mets à lui susurrer des mots comme t'en inventes seulement quand il te pousse un champignon anatomique de trente centimètres. Pour lors, ses frissons changent d'objet. Si je t'ajoute que je lui mordille le cou entre deux phrases et que Mister Braquefol lui arpente la mappemonde de sa tête chercheuse, tu comprendras que cette nana tirée des toiles au milieu de la nuit commence à se sentir pâlotte du fignedé, non ?

De son côté, il balance, le Jérémie, sentant qu'il est en train de lui réhabiliter la race sombre vite fait bien fait, Blanchette. Il lui raconte comme quoi, lui, violer, au grand jamais ! C'est une idée qui ne l'efflorerait même pas ! Que tenez, ma gosse ! Si vous voulez vous rendre compte, les agaceries de mon copain, qu'est là à vous peloter tout partout, et même à relever votre chemise de nuit pour mieux vous palper la moule, ce grand dégueulasse, fatalement, ça me met dans des états. Un coup d'œil par ici, s'il vous plaît, vous constatez ? Non, non, c'est pas un cageot d'aubergines que je trimbale à cet endroit. C'est du vrai zob de nègre, ma petite grand-mère. Eh bien, vous croyez que j'irais vous sauter dessus pour vous le carrer dans la moniche ? Là vous vous trompez ! Plutôt mourir ! Il respecte la femme, Jérémie. Et la femme blanche plus que toutes z'autres. Même une vraie pute, je la tirerais pas si elle n'était pas d'accord. Bon, vous avez subi une vilaine expérience, je déplore. Mais faut pas incriminer tous les Noirs ! Je sais des Blancs très convenables. Je vous prends mon pote, ici présent, dites. Il est pas en train de vous pointer en levrette, mine de rien ? Non ? En tout cas il en est pas loin. Bon, si vous estimez que c'est des bonnes manières, je m'incline, mais moi je me permettrais jamais !

Alors, tu sais pas ? Bon, on est entre nous, on peut causer, non ? Depuis le temps que je ne te cache rien, ce serait malheureux de commencer maintenant, pas vrai ? Eh bien, figure-toi que la Blanche, il lui arrive un drôle de fourbi, parole ! Si je m'attendais ! D'une détente elle s'arrache à mon étreinte qui, effectivement, devenait plus lascive d'heure en heure. Je reste comme un glandu, avec le potomac à la débandade, les cannes sucrant toutes les fraises de

Bures (1), et la langue coincée à mon palais comme
un caramel. Cette étrange fille se précipite sur
Jérémie. Va-t-elle le trucider ? Lui lacérer le visage
de ses griffes femelles ? Que non point ! C'est au
soubassement qu'elle s'en prend. Criiiic ! Ouverture
du bénoche. Chloc ! Déboutonnage supérieur du
jean. Chlouiiif ! Le branquignol mordoré de
M. Blanc est dégagé de son hangar.

Elle est dingue, la gonzesse ! En rut-folie ! Ça
existe ! Te bouscule ce colosse sur le canapé. S'empare de sa canne à pêche. Hop ! En selle ! La
revanche que j'escomptais s'accomplit autrement
que prévu. C'est elle qui viole, cette fois ! M. Jérémie a beau protester, se trémousser. Appeler sa
maman, sa femme, ses chiares ! Fume ! Elle est
partie pour le triple galop ! Elle arpente les arides
savanes ! Elle lui crie des lambeaux de phrase
démentiels.

— Tiens, grand salaud ! A moi ! Je la veux toute !
Sale négro ! Fous-la complètement ! Je te possède,
hein, fumier !

Putain, ce carnage ! Que d'électricité perdue ! Tu
lui branches une dynamo aux miches et t'éclaires la
Promenade des Anglais pendant trois ans !

Monsieur Mézigue, pudique comme tu sais, pas
voyeur pour un dollar, je m'esbigne. Mais aller où
dans une semblable maison où toutes les pièces
communiquent ?

Je me retire dans le coin le plus éloigné du lieu du
forfait. Et c'est le bureau de l'architecte défunt. Je
m'assieds devant une table basse supportant un gros
album. Il s'agit d'une espèce de livre d'or caviardé

---

(1) Bures : charmante localité des Yvelines, célèbre pour ses
fraises, et non pour ses robes de moines comme d'aucuns se
l'imaginent.

de photos. La plupart représentent des maisons modernes, probablement dues au génie de ce Le Corbusier des Yvelines. De grandes déclarations de reconnaissance confirment ma supposition « A Arsène Blanche qui a bâti notre nid d'amour », « Merci, cher Monsieur Blanche, pour votre grand talent ». « Ma maison n'est pas blanche, mais elle est signée Blanche. » Et moult pauvretés de ce tonneau.

Mais il y a également d'autres photos : au bord de la mer avec sa famille et des amis par exemple, et puis une qui le représente sur un green de golf, son club en main, au côté d'un gros homme aux cheveux gris. Le gros type sourit à l'objectif. Il porte un pull blanc et sur ce dernier il a tracé au crayon feutre la dédicace suivante : « Pour Arsène, mon fidèle partenaire. Albert Hébarque. »

Là-bas, la Blanche hurle comme une folle qu'elle jouit.

Moi aussi.

Je décolle la photo et la glisse dans ma fouille. C'est la première fois que je ne regrette pas un coup de bite raté.

NOTRE PAIRE QUI ETES AUX CIEUX

M. Blanc qui me cherchait me trouve. Il attend que coquette dédilate pour la renfourner dans son jean moulant. Un chibre d'âne, c'est pas fastoche à coller dans n'importe quelle paire de meules, mais dans un futal à ce point plaqué, ça relève du tour de force.

Vaguement étourdi par sa mésaventure, il ronchonne :

— Où t'as trouvé cette pute, mon vieux ? Je déteste baiser des putes. Y a que Ramadé pour ce qui est du panard. Bon, celle-ci m'a eu à la surprise et, d'accord, je lui ai accordé son enfilade ; mais faudrait pas qu'elle y revienne ! Si tu veux mon avis : le négro de Philadelphie qui l'a violée, elle oublie de dire qu'il l'a fait reluire comme une médaille. C'est parce qu'elle a dû s'envoyer en l'air à tout casser et qu'elle en a eu honte qu'elle faisait toutes ces manières. Les putes de la bonne société, c'est les pires. On s'en va, oui ?

Il vient enfin de se rajuster complet. Vachement grognon, mon pote. La reconnaissance du bas-ventre, lui, tu repasseras, Nicolas ! Il en veut à Blanche Blanche de s'être laissé violer.

La môme pantèle sur le canapé qui supporta le sacrifice de Jérémie.

— Permettez-nous de prendre congé, je lui fais-je ; et pardonnez-nous le dérangement.

Machinalement, elle répond que tout le plaisir a été pour elle.

— T'es sûr que tu ne veux pas rentrer chez toi, monsieur Blanc ?

— Merde, il est chiant, ce con ! exclame le Sénégalais ; c'est une idée fixe ? Je te dis que j'ai congé et que je reste avec toi.

— Moi, mon pote, je vais dormir ; le sommeil est le carburant de l'homme d'action.

— T'as pas une descente de lit ? Ça me suffit, tu sais, mon vieux : j'ai couché presque toute ma vie par terre ; on y est rudement mieux ! Y a que ces cons de Blancs qui se perchent pour dormir comme les busards.

— O.K., suis-moi.

Tout le monde roupille *at home* lorsque nous y parvenons. Je file directo au salon pour téléphoner à Mathias, toujours sur pied à la Grande Cabane où il attend l'ouverture des fleuristes.

— Tu vas chercher si un certain Albert Hébasque ne correspondrait pas à l'homme que nous cherchons et dont nous ne connaissons que l'environnement. C'est un gros mec avec les cheveux blancs. Tu me téléphoneras chez moi les résultats de tes recherches.

— Entendu, monsieur le commissaire.

Sa voix continue d'être toute chavirée, humide et en pointillés.

— Me dis pas que tu chiales encore, Rouquin !

— Je suis tellement traumatisé, patron, quand je pense à mon comportement bestial. Une femme que j'adore ! Qui m'a donné seize, non : dix-sept enfants !

— Rien n'est changé, gars. Tu vas continuer de l'idolâtrer et de lui planter des moujingues, et en plus t'auras droit à son respect. Vos relations s'en trouveront harmonisées (1).

Je raccroche et dans la cuistance, je trouve m'man en converse avec M. Blanc. Félicie, je pourrais lui amener des ours polaires, la princesse Anne ou tous les clodos de la Mouffe, elle sourcillerait pas. Tout ce que dit son grand est parole d'évangile ; tout ce qu'il décide équivaut à un texte de loi. Elle est pas en or, ma vieille, mais en diamant pur.

— Ton ami prétend coucher sur une descente de lit ! me prend-elle à témoin ; il n'en est pas question, je vais le conduire à la chambre d'ami.

Mais mon Sénégaloche rebiffe. Non, non, il veut roupiller dans MA chambre ; pas risquer de se laisser semer. Et même s'étendre en travers de la lourde. Tout ce qu'il accepte c'est un sac de couchage acheté naguère pour Antoine qui avait des velléités de scoutisme ; mais ce ne fut qu'un feu de paille.

Après un grand verre d'eau fraîche, on monte se zoner. Le temps de me dessaper et, à peine entre mes torchons, je valdingue dans les profondeurs.

Ça cogne et hurle et recogne à ma lourde. La voix matinale du Gros pareille à mille tuberculeux qui glavioteraient en même temps vitupère à gorge que voilà :

— Qu'est-ce c'est c'te charognerie qui bloque la

---

(1) Je sais un paquet de connasses qui vont encore me traiter de macho ; elles comprennent jamais la plaisanterie, ces pannes de bidet !

lourde ? Dites, Maria, il a un clébard dans sa piaule ou quoi, le commissaire de mes deux ?

Notre soubrette ibérique gazouille comme une pleine volière de perruches que non, qu'elle né sé pas, moussiou.

Jérémie geint, à force de prendre des coups de lourde dans les endosses. Il ouvre les yeux et les sulfures qui lui tiennent lieu de prunelles s'efforcent de réaliser en quel lieu ils s'éveillent.

— Bouge ta viande, monsieur Blanc ! J'ai un ami qui souhaite entrer.

Jérémie exécute un roulé-boulé et le loquet de ma lourde va emplâtrer (et déplâtrer) le mur.

Stupeur inégalable du Gros quand il avise mon locataire. Il l'examine, puis se tournant vers moi :

— C'est un exclave ou t'es d'venu pédoque, grand ?

— Un pote à moi qui prend des cours de police appliquée.

— Dans ta piaule ?

— Dans ma piaule et ailleurs. Ma mère n'est pas ici ?

— Elle a z'été ach'ter des croissants, m'a dit ta pécore.

— Quelle heure est-il ?

— Quèqu' chose sur les couilles de neuf plombes.

— Qu'est-ce qui me vaut le bonheur sans merci de ta visite matinale ?

— Y m'en arrive une qu' tu peux pas savoir !

— Alors, dis-me-la.

— La Pâquerette dont j'ai eu la gentillesse d'y offrir l'hospitalisée...

— Eh bien ?

— Elle a taillé la route en engourdissant mon artiche et les bijoux à Berthe ; plus la montre ancienne du grand-père Bérurier, à remontoir et

même, même la médaille de baptême d'Apollon-
Jules. Faut êt' payenne, hein ?

— Pas possible...

— Parole !

— Raconte...

— Ben, je te dis...

— Dis tout.

— Ben, en rentrant à la crémerie, hier soir, je l'ai
un peu lithinée, manière d'y chasser les idées noires.
Au début, l'était guère partante, mais j'ai sorti une
boutanche d' chartreuse verte et au bout de cinq six
godets, elle admettait qu' j'y fasse une p'tite
minouche de sympathie, pour dire qu'on s' connaî-
trait mieux ; en camarade, quoi. Ensuite, j' lui ai
déballé mon marteau-piqueur et alors là, tu connais
les dames ? Je mets au défi n'importe laquelle de
résister. Faut au moins qu'elles touchent tellement
qu'é croivent qu'il est pas en vrai.

— Je sais.

— Bon, à partir d' c't' instant, y avait plus à tergir
le verste : c'était enr'gistré *In the bab* en grande
vitesse, tous frais payés. Te lui ai foutu un' de ces
ressemelées, bon gu, qu' tout l'immeub' gueulait
« Vas-y, Béru ! ». La môme, son mortier criait grâce
quand j' l'ai déjantée. Là-dessus, bravo, on s'en-
dort ; moi, d'un sommeil de plombier. Faut dire
qu' j' l'avais astiquée à mort, ta Pâquerette ! Pas
qu'elle soye tell'ment bioutifoule, mais j'adore la
viande blanche bien grasse, comme celle d' mon
institutrice à Saint-Locdu, que j'étais été lu réciter
ma tab' par 9, un jour qu'elle était malade. Son
vieux la remplaçait et y l'avait voulu montrer à sa
gerce combien qu'il réussissait à m' faire entrer les
maths dans l' cigare, lui. Et moi, à peine terminé ma
chansonnette : « neuf fois sept soixante, neuf fois
huit cinquante-six, neuf fois neuf cent un », impec,

sans bavures, de la voire en ch'mise de noye, av'c sa
nichonnerie à portée, j'y avais sauté dessus, mémère
et carambolée grand stiple chaise. Ma dame ! La
goulue qu'avait là ! Si j' m'aurais douté quand é
m' f'sait chier la bibite av'c ses dictées et ses cons de
trains qui partaient à la bourre et s' croisaient à
dache ! ! J' croye qu' la maladie y avait affaibli la
sévérité. Une grosse, si mégère habituellement !
Plein les baguettes sans broncher. Juste son gros cul
pour m' rend' service, montrer qu'elle participait
bien à la combinaison. Et d'puis après, j'avais plus
z'eu à m' gratter en classe : j' morflais des dix sur dix
à la pelle. Pas l' temps de répond' à ses questions,
poum ! ça partait. « Très bien, Alexandre-Benoît :
dix ! » J' m' rappelle d'un jour, elle m'a mis dix à un
pet qu' j'avais balancé en plein cours de giogra-
phique.

Il se tait un instant pour s'attarder sur le capiteux
souvenir. Son institutrice trombonée, me l'a-t-il
assez raconté, le Gros, les soirs de divagation ou les
matins de gueule amère. Il a eu une adolescence
précocement queutarde : sa bouchère, la couturière,
la femme du notaire... On pourrait le brancher des
heures sur ces fumantes évocations avec des gar-
gouillements de bidet en fond sonore et des poils de
cul sur la langue pour le faire zozoter.

— Si on en revenait à ton problème ?

— Donc, ç'a t'été la féroce carambolée, d'après
laquelle je m'endors. Qu'est-ce y m' réveille ? J' te le
donne en mille, Emile : Berthe !

— Mais je la croyais en voyage avec un cousin ?

— Exaguete, s'lement, y z'ont rebroussaillé chemin d'à la suite comme quoi leur voiture était
nasée : le carter pété faute d'huile ! Donc, c'est la
Berthy qui m'arrache des toiles av'c une casserole de
flotte dans la poire, d'à ce point j'avais la dorme

enracinée. Moi, en la voyant, mon raisin n' fait
qu'un tour. C' qui me rassure, c'est d' ne plus voir
Pâquerette. « Dieu soit acheté ! j' me dis, elle a eu la
bonne idée de se casser avant qu' ma chère et tendre
revient ! » Et puis Berthy découv' le poteau rose.
« Dis voir, Sandre, t' serait-il pas été engager mes
bijoux chez ma tante, j' les trouve plus. »

« Cré non, c'te suée ! J'ai tout d' sute compris
qu'elle m'avait empaillé, la môme ! Tous les ors,
tous les joiliaux d' la maison ! Plus quatre mille pions
qu'on gardait dans la boîte à biscuits d' la cusine ! Et
même la fraîche qui m' restait en fouille ! Tu m' la
copiereras, Sana ! Tant qu' t'auras qu' des frangines
comme ça à m' présenter, tu t' les limeras toi-
même. »

— Hé dis, crâne de bœuf, qui a proposé à la
greluse de venir pieuter chez toi ? Quand on est
perpétuellement à l'affût d'une troussée, on finit par
se faire entôler, fatal !

— Ma Berthe fait un ramdam du diable. Ell' veut
que j' vais porter plainte !

— Et pourquoi non ?

Il ôte son bitos et essuie d'un revers de manche
son large front emperlé de sueur.

— Tu m' voyes, moi, officier d' police, ex-ancien
miniss, porter le pet dans un commissariat, comme
quoi une pétasse de bas laitage m'a ratissé ?

Un qui ressemble à une tranche de pastèque, c'est
M. Blanc. La mésaventure du Mastar l'amuse tellement que sa rate risque d'exploser, je pressens.

— Pourquoi qu'y rigole, le mâchuré ? grogne le
Mammouth ; j'espère qui s' fout pas d' ma gueule,
j voudrais pas saloper ta moquette neuve, Sana.

Jérémie le calme :

— J' me fous pas d' ta gueule, mais j' vous trouve
d' plus en plus cons, les flics, mon vieux. J' m'en

doutais sans en être sûr, note bien. Mais cons à ce point, personne se douterait !

Il exprime d'un ton conciliant, voire cordial. Alexandre-Benoît branle le chef (ce qui lui vaudra de l'avancement).

— Qu'est-ce que tu veux, confirme-t-il, flics ou pas flics, on est des hommes comme les autres.

Le biniou !

C'est Mathias.

Il ne chiale plus. Il me dit que sa bonne femme l'a appelé. Elle s'exprime avec difficulté ayant seize dents (soit la moitié de ses effectifs) cassées et la mâchoire démise ; mais elle vient de lui dire qu'elle l'adore, qu'elle est son bien, sa femme, sa chose, sa gagneuse. Qu'elle est fière de lui. Folle de lui ! Un jules de sa trempe (et de celles qu'il flanque), elle en rêvait depuis sa première branlette. Elle va se consacrer à lui totalement ! Au diable leurs chiares ! Il connaîtra des grands moments de frénésie sexuelle, le Rouquin ! Des nuits d'amour aussi longues que des nuits polaires ; mais plus réchauffantes ! Elle lui taillera des pipes éperdues (son édenture est propice au dessein). Ce sera la grande féerie des sens ! Le tourbillon ! *Kama Sutra* à toutes heures ! Elle ne cessera de chevaucher son homme que pour chevaucher son bidet.

— Compliments, Rouillé. Te voilà seul maître à bord après Dieu !

— C'est à vous et à votre copain noir que je le dois ! Un jour, j'aimerais vous inviter tous les deux à la maison. Vous n'ignorez pas que ma femme est lyonnaise, commissaire ? Elle vous ferait des pieds de mouton en salade et des quenelles de brochet au gâteau de foie de volailles.

— Je vais transmettre ton invitation à M. Blanc. Tu as du nouveau à propos de l'affaire ?

— Et comment ! Le dénommé Albert Hébasque est mort assassiné, il y a un peu moins de quatre ans. On l'a retrouvé sur un parking de l'autoroute du Soleil, pas très loin d'Aix-en-Provence : deux balles de 9 en pleine poitrine.

— Voyez-vous !

— Attendez, je n'ai pas terminé. Le ou les meurtriers lui ont sectionné les parties génitales et les ont fourrées dans sa bouche !

Alors là, oui, il m'électrise, mon Précieux ! Voilà du costaud ! De l'inattendu ! En somme, ce gros golfeur est mort comme Hugues Naut, le mari de Ruth Booz, à Beyrouth. Sauf que le premier a eu la gorge sectionnée et le second a eu droit à deux méchantes bastos dans la caisse d'horloge ; mais l'un et l'autre sont morts sur un parking ; l'un et l'autre ont eu les burnes coupées et placées dans la clape ! Pas banal, comme détail !

— Encore besoin de toi, Mathias.

— Je suis à vos ordres, commissaire.

— Fais fonctionner les ordinateurs à bloc, mon pote, chauffe-les à blanc si besoin, entre en liaison avec Interpol. Je veux savoir si d'autres personnes, en France ou à l'étranger, ont eu les claouis sectionnées après avoir été assassinées. Compris ?

— Je mobilise tout le monde !

— C'est cela. Donne-moi auparavant l'adresse de feu Albert Hébasque.

Le Rouquemoute me rit au tympan.

— C'est amusant, patron : il habitait à deux pas de chez vous, à Saint-Cloud, rue du Général-Pirqueçat, Villa *Shako* (1).

— Je vais pouvoir enquêter en pantoufles, rigolé-je de bon matin (car chez moi on aime rigoler tôt,

---

(1) Le général Pirqueçat avait fait saint-cyr.

comme disait Verdi). Ah! une dernière chose, grand. D'urgence, il faut que tu me procures une photo...

Bon, le ciel est redevenu bleu pour tous, hormis pour Béru qui se remet mal de s'être laissé arnaquer par Pâquerette. Que, soit dit en passant, je ne l'aurais pas cru comme ça, cette pétasse. Cambrioler un flic, faut le faire! Probable que la troussée subie lui laissait présager l'impunité. Le sac de son logement a dû l'épouvanter. Elle a décidé de s'esbigner pour se fondre dans la nature, mam'zelle. Pour cela il lui fallait un minimum de blé, alors elle a secoué le premier prunier à sa portée!

— Tu ne prends pas le petit déjeuner avant de sortir? s'inquiète maman. Je viens d'acheter des croissants tout chauds.

— Je ne vais pas loin, laisse-m'en deux pour le retour.

Une bise et j'emprunte ma *street* d'un pied régénéré. La rue du Général-Pirqueçat est à quelque cinq cents mètres de chez moi en effet. Inutile de noyer un carburateur pour si peu. Je crois même me rappeler la villa *Shako,* une vaste maison typiquement « Ile-de-France », un peu délabrée, dans un parc dont la plus grande partie a été depuis longtemps vendue à des promoteurs (à explosion) et que flanque une gigantesque volière de zoo renfermant des flamants roses.

Un vaste portail dépeint se confie à la rouille, cette agonie du fer. Non seulement il est fermé à clé, mais on a, de surcroît, ajusté une chaîne avec un cadenas autour des deux barres principales. J'actionne la chaînette d'une cloche. Cette dernière émet un son d'angélus emporté par le vent. C'est grêle, fêlé, lointain et vachement mélanco. Le jardin non entretenu est envahi par des ronciers, anachroniques dans ce quartier résidentiel. Une pièce d'eau sans eau se fait beaucoup de mousse.

Au bout d'un temps, une vieillarde naine et grassouillette paraît sur le perron, place sa main en visière au-dessus de ses prunelles fatiguées afin de scruter l'horizon où je figure. Elle est fringuée en femme de chambre. La voilà qui entreprend la descente du perron, ce qui lui est aussi pénible que s'il s'agissait de celle de l'Everest. Ses jambes arquées ont de la peine à supporter son gros corps compact. Au bout de vingt minutes, elle est parvenue à franchir les cent vingt-six mètres cinquante qui nous séparaient. Elle se cramponne au barreau et pose sur moi un regard de primate qui me fait regretter de me présenter ici sans cacahuètes.

— Vous êtes qui ? demande-t-elle avec un reste de voix perturbée par l'asthme.

— Commissaire San-Antonio de la police judicieuse.

Ses yeux loucheurs, très pâles, paraissent se coaguler.

— Vous avez du nouveau ?

— Cela dépend à quoi vous faites alluvions, dis-je.

— Ben... à la mort de mon pauvre petit Robert.

— Alors, cela se pourrait, en effet.

— Mon Dieu ! Enfin ! Je savais bien que son assassin ne resterait pas impuni. Je prie tous les jours pour qu'il crève.

— J'aimerais voir Mme Hébasque.

— Oui, bien sûr. Ça va lui faire un choc ! Elle, elle n'espère plus depuis longtemps.

La vieillarde doit tutoyer les quatre-vingt-dix

piges. J'imagine qu'elle a élevé son « pauvre petit Robert » et qu'il a constitué sa seule famille.

— Bon, fait-elle, je vais aller chercher la clé pour vous ouvrir. Mais du diable si je me rappelle où je l'ai mise. Je finis par avoir des absences de mémoire, surtout quand le temps va changer.

Je calcule rapidement que si elle fait l'aller-retour portail-maison de son allure quasi rampante et que si elle a paumé sa clé, je risque de ne pas être de retour *at home* pour le dîner.

Sortant mon sésame, je crique-craque le cadenas, puis la grosse serrure mérovingienne en moins de temps que n'en met un coq pour fourrer une poule.

Elle n'a pas parcouru deux pas que me voilà à son côté.

— C'était ouvert ? s'ébahit-elle.

— Non, non, j'ai sauté à pieds joints par-dessus le portail. Dans la police, nous sommes très entraînés.

— Ah ! bon.

Nous opérons la remontée vers la demeure. Je lui proposerais bien de la porter pour aller plus vite, mais elle doit peser son quintal, la mère, ce qui risquerait de me filer un tour de reins ; qu'en outre, si elle m'éclatait dans les bras pendant le transport, ça gâterait irrémédiablement mon superbe prince-de-Galles gris clair.

Après avoir cahin-cahaté en devisant, nous voici au pied des marches. Un instant, je me demande si ça vaut le jus d'importuner la dame Hébasque, vu que la mémé-servante vient d'éclairer ma lanterne à la loupiote halogène, sans s'en gaffer le moindre. Une vieille jacteuse, il te suffit d'un minimum de manœuvres pour l'orienter à ta convenance. Ma patience a été récompensée. Pendant ce bref mais interminable cheminement, j'ai tout appris, ou du moins l'essentiel, à propos de Robert Hébasque (1).

Du dedans, la maison est franchement pourrie. Pourtant ça ne fait que quatre ans que son propriétaire a été dessoudé. Cela signifie donc, soit qu'il était radin à outrance, soit qu'il n'avait pas les moyens d'entretenir cette grande demeure bourgeoise. Pourtant, il jouait au golf, qui est un sport très coûteux, non ? Mais enfin, mon problème n'est pas là.

Nous rampons jusque dans la bibliothèque où bivouaque Mme veuve Hébasque. Assez surprenant comme lieu. Certes, des bouquins reliés et inlus garnissent les murs : tout ce qui s'est imprimé de plus chiant depuis que Gutenberg a marché sur la Terre ; mais ce qui frappe, c'est une quantité de chiens naturalisés (français) installés céans, soit sur des socles, soit à terre, et qui tous te fixent de leurs yeux de verre. J'avise un caniche nain abricot, un caniche royal gris astrakan, un loulou de première année blanc terne, un teckel à poil ras, un corniaud blanc et noir, un carlin à rictus teigneux, un fox-terrier auquel ne manque qu'un pavillon de phonographe, et un bull-dog français qui ressemble tellement à Winston Churchill qu'ils doivent être au moins du même père (ou de la même paire, ce qui revient au *same*).

Une photographie du maréchal Pétain trône en bonne place.

Mme Hébasque se tient à un bureau dit ministre. Elle est penchée sur un monceau de feuillets noircis

(1) Un moment j'ai failli l'appeler Robert Nanos, et puis je me suis dit que ton inculture crasse ne te permettrait pas de savourer le jeu de mot.

et continue d'écrire un moment en ma présence comme court sur son erre un bateau dont on a coupé les moteurs. C'est une femme bientôt âgée, sèche, anguleuse, le regard et le nez pointus, les cheveux presque blancs tirés en arrière pour composer une triste queue de bourrin. Vêtue de noir. Puant le carton à chaussures où l'on rassemble les photos du passé. Presque pas de lèvres. Des lunettes. Une mâchoire de brochet. Pas engageante. Imbaisable. Point à la ligne.

Elle lève la tête, me prend acte.

— Bonjour, monsieur. Camille me dit que vous êtes commissaire de police ?

Je m'incline.

— C'est exact, madame. Je vous présente mes respects.

D'entrée, je marque un point. Elle est d'une caste où si tu leur présentes pas tes respects quand elles sont vioques, et tes hommages quand elles sont plus jeunes, t'es catalogué paltoquet, flottance de bidet, pet de lapin malade.

— Asseyez-vous. Il paraîtrait que vous auriez découvert des éléments nouveaux ?

— Je le crois. Connaissez-vous ou auriez-vous entendu parler d'une certaine dame Ruth Booz.

Sa face peu amène emporte son sourire d'accueil (1).

— Un nom pareil ! Mais il s'agit d'une juive !

— C'est probable.

— Monsieur, je ne fréquente pas ces gens-là !

Net ! Elle le dit pas avec des fleurs, médème !

---

(1) Tout San-Antonio est dans cette phrase !

Maurice Druon

Plutôt avec du vinaigre ! Elle assume ses convictions, la daronne !

— On ne connaît pas seulement des gens avec lesquels on a des affinités, madame.

— Moi si. Pour ne rien vous taire, papa a été un haut fonctionnaire sous Vichy. A la libération, la racaille sémite s'est mise après lui et n'a eu de cesse qu'il soit fusillé !

J'esquisse un acquiescement temporisateur. Bon, chacun ses problos, chacun ses haines et ses fantasmes.

— Donc, ce nom ne vous dit rien ?

— Rien !

Un temps. Les toutous empaillés me défriment vilain, tu les croirais prêts à me dépecer.

— Des chiens que vous eûtes ? interrogé-je d'un ton componctif pour assurer l'amadouade.

Gagné ! Elle décrispe.

— Oui, ils sont là au complet, mes chers chéris.

— Cela doit vous faire bizarre de les avoir tous en même temps, alors qu'ils se sont succédé dans votre vie ?

— En effet, c'est émouvant. Ils furent certes différents, mais ils eurent l'amour que je leur vouais comme dénominateur commun.

— Comme cela est joliment dit, madame.

Je montre les feuillets sur le bureau.

— Je parie que vous êtes romancière ?

— Quelle horreur ! Moi ! un roman ! cette friandise pour midinettes ! Non, je suis historienne, commissaire. J'écris un livre qui s'intitulera *Les Enfants de Judas,* livre dans lequel je règle pas mal de comptes...

— Je ne manquerai pas de l'acheter dès qu'il sortira, madame.

Elle me sourit et murmure : « Merci. » Et ma pomme, je retends la sébile, aussi sec.

— Avez-vous connu un certain Hugues Naut ?

— Le banquier ?

Allez, luia ! Allez, luia ! Allez !... Elle connaît (ou plutôt connaissait) Hugues Naut, la chérie, la merveilleuse carabosse, la vieille saucisse, la vieille facho, la poire blette. Elle connaît l'homme qui, comme son bonhomme, a été refroidi sur un parking et auquel, comme à son bonhomme, des petits grincheux ont coupé les couilles !

Je l'embrasserais ! Dans le dos et par-dessus sa robe pour ne pas gerber.

— Parlez-moi de lui...

— Il était très lié avec mon mari pendant la guerre. Ils se sont fréquentés un certain temps encore, et puis nous nous sommes perdus de vue. Ce sont les caprices de l'existence.

— Vous savez qu'il est mort ?

— Non, je l'ignorais.

— On l'a assassiné sur un parking à Beyrouth, en 73.

— Oh ! Seigneur, lui aussi !

— Oui, madame, lui aussi. Et il a eu les parties génitales sectionnées.

Elle devient comme un lit vide, la dame. Ses mains se mettent à trembler kif si elle tenait un marteau-piqueur en action.

— Comme pour Robert...

— Rectification, c'est Robert Hébasque qui a été traité comme lui une douzaine d'années plus tard. Vous n'aviez pas eu connaissance de la chose à l'époque ? Les journaux ont bien dû en parler !

— Au début des années 70, nous voyagions beaucoup, Robert et moi, l'affaire se sera produite au cours d'une de nos croisières. Ce que vous m'apprenez me terrifie. Vous pensez qu'il y aurait une corrélation entre les deux assassinats ?

— Cela paraît évident. Quelque temps avant sa mort, votre mari a-t-il reçu des menaces ?

— Absolument pas.

— Il est mort près d'Aix-en-Provence, que faisait-il dans cette région ?

— Il se rendait à Nice pour affaires.

— Vous connaissiez le client qu'il allait voir ?

— Non. Mais je ne m'occupais jamais de son travail.

Ça bavasse encore, ceci, cela. Faut bien mouiller la meule. Et puis je lui balance *THE* question, celle qui me turlubite depuis un moment :

— Madame Hébasque, vous me dites que votre défunt et Hugues Naut étaient très liés pendant la guerre, savez-vous s'ils ont eu une attitude pro-allemande ?

Elle soutient mon regard avec du défi plein sa prunelle, si fort qu'il éclabousse la pièce comme le phare du cap Gris-Nez éclabousse les falaises de son faisceau impétueux.

— Ce n'est pas impossible : mon époux tenait pour l'ordre et les grandes vertus.

Ben voyons...

— Des... tracasseries à la Libération ?

— Aucune.

— C'est surprenant. En général, tous les gens qui ont affiché leur sympathie pour l'occupant ont eu à s'en expliquer par la suite.

Son sourire contient une bonne dose d'acide « prussique ».

— Ce qui donnerait à penser que mon pauvre Robert savait s'entourer de précautions, glousse la dame.

— Oui, probablement, conviens-je.

Je lui prends le congé et retourne chez ma mère.
Une mélopée africaine, soutenue au tam-tam, m'y
accueille. C'est M. Blanc qui chante à ma vieille un
hymne qu'il vient de composer à son intention. Il est
assis au bord d'un tabouret, serrant un chaudron
entre ses genoux dont il martèle le cul frénétique-
ment. Les paroles de sa chanson sont trop belles
pour que je ne t'en fasse pas profiter. Les voici *in
extenso*, comme disent les Anglais quand ils causent
latin. Le développement est un peu lent, mais les
rimes sont d'une richesse totale :

Madame Félicie
Madame Félicie
Madame Félicie
Madame Félicie
Madame Félicie
Madame Félicie
Madame Félicie
Madame Félicie
Madame Félicie
Madame Félicie
Madame Félicie
Madame Félicie...

Je prends place autour de la table, le plus délicate-
ment possible pour ne pas troubler cet hommage
émouvant. M'man a les larmes aux yeux.

On attend comme ça trente-cinq minutes et Jérémie s'interrompt, pile avant qu'on le flingue à coups
de pétard, tant tellement nos nerfs sortent de leurs
gaines.

— C'est badour comme du Mozart, déclare le
Gros.

M'man embrasse Jérémie pour lui témoigner sa
reconnaissance.

— V's' êtes sûre qu'y n' déteint pas ? plaisante Sa Majesté.

M. Blanc lui sourit grand comme la scène de l'Olympia. Enhardi, le Mahousse poursuit :

— Técolle, tu bouffes jamais de chocolat, hein ? Sinon tu t' mordrais les doigts !

Re-rires plantureux de l'infâme.

— Et toi, tu te regardes jamais dans une glace, sinon tu te buterais, hein, Gros Lard ?

Pour lors, l'Hénorme perd sa musicalité d'âme.

— J' t'en prille, Blanche-Neige, provoque-moi pas. C'est pas parce que tu donnes un concert av'c une cass'role qu' tu peux t' permett' des prévôtés envers un n'haut fonctionnaire.

Jérémie lui présente le chaudron :

— Essaie donc d'en faire autant, Sac-à-merde !

Béru lui pose la main sur l'épaule :

— Ecoute, Noirpiot, y a un' chose dont j'aimerais que tu suces : les chaudrons, moi, c'est pas d' la musique que j' fais av'c, mais du pot-au-feu. Tiens-te-le pour dix.

LES GRANDS MOYENS

Il est fidèle dans son genre, Achille. Il change souvent de maîtresse, mais il les affuble toutes du même sobriquet : « Zouzou ». De la sorte, il évite les pernicieux lapsus, le Dabe ; les étourderies funestes qui te font donner un autre prénom que le sien à la personne que tu honores de tes bas morceaux. Vagir « Oh ! Germaine, je pars, je pars » à une nana qui s'appelle Mauricette, n'a jamais mis beaucoup de liant dans des relations sexuelles, faut conviendre. Tu sais comme elles vétillent pour des riens, ces dames. Prennent la mouche à tout propos. Les cheftaines de la malinterprétance, ces jolies gueuses !

Il vient de me mander à son de trompe et à corps et à cric ! Illico presto, faut que je me rende à son appel. Le brigadier Poilala, avec sa tête de canard chauve et sa moustache en jet d'arroseuse municipale, m'introduit rapidos, à la volée. Il me guignait depuis le palier. M'apercevant, il m'a exhorté pour que je monte six à six au lieu de quatre à quatre, lambin que j'étais. Quand le Vieux a sa nervouze, il la communique à toute la crèche. Y a de l'électraque en suspension dans la Maison Poupoule.

— Vite, monsieur le commissaire, « il » ne tient plus en place.

Déjà il toque à la lourde pendant que j'accomplis l'ultime rush. M'ouvre, m'annonce, se retire à demi pour me laisser entrer.

Trois personnes sont laguche : le Dabe, œuf corse, la Mlle Zouzou en cours et le commissaire Levenin.

Mon regard s'attarde sur la fille. J'y peux que dalle, c'est ma nature. Tiens, il l'a choisie brune, cette fois. D'ordinaire il donne dans la blonde platinée Marilyn, long châssis, style chochote-du-gland, voix et gestes languissants, genre lévrier afghan. Sa nouvelle est très bistre, née native des îles, je suppose. Des yeux étincelants, une bouche charnue et rouge comme celles peintes par Man Ray.

Pas grande, mais moulée sortilège ! Je la devine au plumard, Zouzou *number* X, frétillante, grouillante à elle seule. Un boisseau de chattounes à se farcir ! Des chaleurs plein partout ! Riche d'initiatives prodigieuses. Dans un regard j'apprends tout d'elle, de la manière dont elle doit bien étrécir son obturateur autour de ton frangin Popaul quand tu l'embroques. Essentiel, le coup du manchon. Ça te happe ! Y a que les reines du radada à réussir cette rare manœuvre.

Mon collègue Levenin, alors là, c'est la statue du faux cul exécutée par Maillot. De Funès dans Harpagon ! Mielleux, fielleux, suintant ! Quelque part, il me fait honte à l'humanité, ce salingue. Je devine qu'il a dû en tartiner long comme un discours de congressiste à mon propos. Me brosser un papier sévère. Noircir mon personnage à l'encre de Chine.

— Mademoiselle, messieurs, salué-je d'un ton que je cherche à enjouer.

Le Vieux, c'est le méchant condor des Andes perché sur la branche haute d'un arbre calciné. Il a l'œil engoncé, la bouche passée à l'astringent. Pour commencer, il reste glacé, enfrileusé par une gigantesque colère.

Je m'avance dans la goguenardise torve de mon homologue. Je donnerais dix ans de ta vie pour pouvoir l'allonger d'un taquet au bouc. Le voir étalé sur la moquette râpée du boss, bras en croix, gueule ouverte.

— Vous m'avez mandé, monsieur le directeur ? que je parviens à gazouiller comme un bengali en cage.

La réponse tarde. Quand Achille articule, ça fait comme lorsque tu étales de la mélasse sur une tranche de pain : c'est mou, visqueux, gluant.

— Vous savez pourquoi ? murmure le Vioque.

Je lui vote un grand rire tranche d'orange.

— La présence ici de mon éminent confrère Levenin me le fait deviner.

— Ainsi donc, vous assassinez les gens, maintenant, commissaire ?

— En service commandé, cela m'arrive, hélas.

— Qui vous a commandé d'aller trucider chez elle une paisible personne nommée...

Il parcourt le rapport de l'Infect...

— Ruth Booz ?

— Si vous consultez le *Petit Larousse* dans lequel j'ai l'honneur de figurer, à la page 1037, vous trouverez la définition du verbe trucider. Il y est dit : « massacrer, tuer ». Je ne crois pas que rien de tel ne se soit produit.

— Si, monsieur le commissaire ! Une telle chose s'est produite : la dame est décédée voici une heure des suites de son opération.

Un frisson me glace viande et os, moelle comprise.

Morte !

Putain, cette béchamel ! Si ça cacate pour tout de bon, il va la sentir glisser, M. Blanc !

Je regarde Levenin qui ne peut se retenir de sourire. Lui, parole, je me le payerai tout de suite après ce bigntz. Je crois que je l'énucléerai juste avec mes pouces, et qu'ensuite je lui ferai bouffer ses dents. Allons, Sana, redresse ta tête altière ! Tu vas pas te laisser fabriquer par un bilieux ?

— Puis-je vous parler en tête à tête, monsieur le directeur ?

— Non ! Je n'ai rien à cacher au commissaire Levenin, non plus qu'à Mlle Zouzou que je compte engager comme... collaboratrice.

Le vieux chéri. Le vieux beau ! Le vieux con !

— Moi si, je rétorque. En ce cas, permettez-moi de me retirer.

— Non !

— Puisque vous ne me le permettez pas, je me le permets moi-même ; mes respects, monsieur le directeur !

A gauche, gauche ! En ahant harche !

— San-Antonio, sacrée bourrique !

Voilà qu'il paume le contrôle de son self, l'ancêtre au crâne d'œuf.

Je stoppe.

— Vous me parlez, monsieur le directeur ?

— Je veux vous entendre !

— Je ne demande qu'à être entendu de vous, mais de vous seul.

Ce lèche-cul-pas-torché de Levenin susurre :

— Si vous le jugez bon, je peux sortir, monsieur le directeur.

— Pas question, mon cher ami. Il ferait beau voir

qu'un homme de votre valeur cède le pas devant cette espèce d'aventurier qui déshonore notre glorieuse maison. Restez, restez ! Voulez-vous un doigt de whisky ? J'ai du pur malt, vingt-cinq ans d'âge, distillé à mon intention par l'oncle de mon chauffeur anglais, lequel à des origines écossaises.

Quel sac de couilleries, cet Achille ! Vieux nœud, va ! La Bruyère a dû s'inspirer de lui pour décrire certains de ses caractères (je préfère d'ailleurs ceux de Gutenberg).

La situasse me paraît confusément bloquée. Et pas déblocable si chacun entend préserver son honneur personnel, cette allumette humide.

Un silence. C'est miss Zouzou qui le rompt.

— Puisque je suis votre collaboratrice, monsieur le directeur, trille cette adorable créature, peut-être puis-je entendre le commissaire San-Antonio en vos lieu et place, s'il y consent toutefois, après quoi je vous ferai un rapport très succinct de notre conversation ; cela ménagerait toutes les susceptibilités, n'est-ce pas ?

— Ce sera avec plaisir, mademoiselle, m'empressé-je de rétorquer.

Le Vieux indécise. Mais ce daim mité n'ose rien refuser à ses poulettes et il finit par consentir d'un acquiescement un peu gourmé. Soit dit entre le front de mer et celui des troupes, elle est drôlement hardie, la brunette. Se substituer au grand dirlo, faut pas avoir les oreillons !

— Passez dans mon méditorium, grogne le Dabe en allant ouvrir une petite porte qu'il n'ouvre jamais aux gens de la Maison et qui donne sur un salon de repos. Il appelle ce lieu méditorium, non sans emphase. Moi, je le qualifierais plus simplement de baisodrome, au vu du large canapé où s'empilent des coussins onctueux, et de l'éclairage extrêmement tamisé, sans parler de la petite salle d'eau attenante.

Miracle ! De l'intérieur, la lourde est munie d'un coquinet verrou de cuivre ouvragé. Que je tire une fois entré.

Et alors, bon, on se trouve un instant indécis avant que je la prenne dans mes bras pour la pelle de l'amitié. Sa bouche (à moins que ce ne soit son rouge à lèvres) a un goût de fraise des bois.

Je ne sais pas ce qu'elles ont, les grognasses du vieux, sitôt qu'elles m'avisent elles me convoitent et me vident les burnes. On doit être complémentaires, Achille et moi. Il rabat les gonzesses avec sa Rolls et ses manières Grand Siècle, et c'est ma pomme qui les comble. Il me sert tout à la fois de fournisseur et de repoussoir. La vie est harmonieuse, non ? Ça doit faire la quatre ou cinquième « Mlle Zouzou » que je m'appuie à sa santé. Cézigue, il palabre, il frime, caresse, se laisse mâcher ; mais le chevalier de Bitauvent s'annonce, décoche son regard coquin, dégaine sa Durandal surtrempée, et cloc ! il finit ces beautés !

Le baiser prolongé nous allume. Faut éteindre, maintenant.

Un qui doit baver des plaques d'égouts, c'est Levenin ! Me connaissant comme il, tu parles qu'il sait que je vais tremper le biscuit superbement, à sa santé, l'affreux moche !

Mlle Zouzou est déjà sur le divan, s'est déjupée en un tourne-d'œil ou un clin de main. Dessous, la féerie inespérée : slip de cinq centimètres carrés, porte-jarretelles, bas fumés. Avec une chaglatte fleurant bon le pain chaud et l'eau de toilette.

— Je vous fais mon rapport avant ou après ? questionné-je.

— Si vous le faites avant, je crains de ne pas pouvoir lui accorder l'attention qu'il mérite.

— Vous avez raison ; et puis vaut mieux risquer d'être interrompu pendant qu'on parle plutôt que de l'être pendant qu'on aime.

Bon, là, se situe la jolie frénésie printanière. Pas besoin de tout te raconter, d'après les derniers sondages, le lecteur se désintéresse du cul, il préfère le suspense au suce pénis. Alors, inutile d'insister. Je lui fais la clé à molette, le rossignol de serrurier, le jodler sur fourrure, le rebouteux du Cantal, le crabe fantasque, la pluie de feuilles de roses, le meunier, son fils et l'âne, et pour terminer, la charge du duc d'Aumale contre la smala d'Abd el-Kader (1843).

Elle n'a pu contenir certains gémissements, bien que ce soit une fille pleine de retenue. J'espère que le capitonnage de la porte aura rempli son office.

Tandis qu'elle va faire un peu de trot anglais sur le bidet du voisinage, je commence à lui résumer ma passionnante aventure. Ayant le sens du raccourci, je condense tout en préservant l'attrait du récit. Je lui explique le coup de ce logement ultra-moderne et sophistiqué aménagé dans une croulante masure, le coup d'épaule de M. Blanc et ses fâcheuses conséquences. J'y vais de la coïncidence des deux anciens copains collabos, assassinés et désexés. Elle passionne, la môme. En vingt minutes je lui apporte la tringlée fringante qu'elle souhaitait, une enquête palpitante, et mon numéro de téléphone pour une baisance plus élaborée dans un avenir imminent. Le rêve, non ?

— Prodigieux ! fait-elle en achevant de se refaire une virginité de saison.

— Ton prénom, chérie ?

— Malvina.

— Ça ne fait rien, je continuerai de t'appeler Marcelle. Veux-tu me rendre un immense service ?

— Bien sûr.

— Influe sur le Vieux pour qu'il retire l'enquête de ce fouille-merde d'à côté et me donne carte blanche.

— Si je peux.

— Tu peux ; suffit que tu lui demandes ça avec une main dans sa vieille braguette classée monument historique ; il sera incapable de refuser.

— D'accord. A demain, n'est-ce pas ?

— Et comment ! Je t'emmènerai dans une chambre tout en miroirs.

Je quitte le méditorium.

— Monsieur le directeur, votre aimable collaboratrice souhaiterait vous entretenir. (A charge de revanche, songé-je, elle aimerait aussi que tu l'entretiennes, vieux bonze !) Il ne fait qu'un bond, Pépère. C'est du gâteau, c't' homme-là ! De la meringue glacée ! De la tarte aux pommes ! Du baba arrosé !

Je demeure en tête à tête avec Levenin.

Livide, presque vert bouteille, le confrère. Les dents crochetées par la rage. L'œil comme deux dernières gouttes de sperme.

— Ça boume, mon grand ? je lui dis avec familiauté.

Il moufte pas.

Je désigne la petite porte.

— Cette jeune personne est exquise ! Excepté ta figure quand tu étais jeune, j'ai jamais vu un cul pareil.

Je contourne le burlingue du Dabe et m'empare du « rapport » de fumaraut.

— Pose ça tout de suite, ça ne te regarde pas ! hargnit le cancrelat.

Il se précipite pour me retirer le dossier des mains,

mais je l'arrête d'un bref coup de genou dans les roustons.

— Calmos, l'artiste! Tu feras tes doléances au Vieux.

Ce qu'il a tartiné sur mon compte, je peux te dire qu'il y a pas de quoi pavoiser. Elle lirait ça, m'man, la pauvrette ne serait plus aussi fière de moi! Il y est allé avec de gros pinceaux, Levenin. Et du goudron en guise d'encre, afin que ce soit bien noir et dégoulinant. Ses conclusions? J'ai, sans motif, en pleine nuit, pénétré dans l'appartement d'une femme seule et lui ai infligé des blessures ayant entraîné la mort avec, pour complice, une racaille noire au parler ordurier et diffamatoire.

Je repose le rapport.

— T'as le culte de la famille, mes compliments. Ceux qui prétendent que les loups ne se bouffent pas entre eux mettent vachement à côté de la plaque.

— Tu as refusé de... de me fournir des explications! plaide l'hyper-salingue, sentant que le blizzard est en train de tourner.

— Sais-tu à quoi je pense, Levenin? Que les Alliés ont eu une faille dans la préparation du Débarquement. Ils auraient eu moins de parachutistes tués s'ils avaient fait des parachutes en toile noire pour débarquer de nuit.

Il décrochète ses ratiches de mulot et se met à bredouiller :

— Je ne vois pas le rapport.

— Il est pourtant là, je dis en désignant son perfide dossier. Vois-tu, tu es comme un noyau de cerise sur une merde. Tu ne glorifies pas le cerisier, mais la merde! Ton ragotage sur moi aurait mieux fonctionné si tu l'avais balancé avec un parachute en soie noire.

— Tu parles par paraboles, grince cette vieille girouette rouillée.

— Je ne dispose que de deux langages, grand : la parabole ou les poings. Quand le premier est trop abscons, je me rabats sur le second.

Il cherche quelque chose de pernicieux pour mon moral et le trouve.

— Tu as tout de même tué une femme chez elle sans être en état de légitime défense, non ?

— Non !

— Si ce n'est toi, c'est donc ton nègre !

Un silence haineux descend sur nous. Au bout de dix minutes, je murmure d'un ton rêvasseur :

— Je préfère te prévenir, Levenin : un jour, je te mettrai une danse, une chouette. Je sais qu'ensuite j'aurai des remords et que je te ferai des excuses, mais tu auras des morceaux de sparadrap plein la gueule et des poches bleues sous les yeux, ce qui réjouira toute la Maison Chapon !

Avant qu'il n'ait trouvé une réponse vinaigrée à souhait, le Vieux réapparaît, flanquée de Mlle Zouzou qui, afin d'honorer Achille, feint de rajuster sa jupe et de retendre son mignon slip à travers elle.

Il est noble, le Vénérable. Plus marmoréen que la statue du maréchal Pétain qui trône dans le hall d'un grand immeuble de la rue du Colonel-Fabien. Sa rosette sur canapé étincelle. Sa braguette aussi, mais c'est dû au rouge de Mlle Zouzou énième.

Il vient à moi.

Je me lève. Sa main droite se pose sur mon épaule gauche, puis sa gauche sur mon épaule droite. Il me regarde et balbutie :

— Mon cher petit ! Mon cher petit !

Commak, à deux reprises belles et lentes. Y aurait un petit coup de *Te Deum* à l'orgue pour souligner, ça paraîtrait naturel.

Accolade.

Je reste au garde-à-lui.

Son beau regard polaire s'humecte d'une buée d'émotion.

— Merci, râlé-je dans un début d'orgasme incontrôlable.

Les belles pattounes blanches du Dabe quittent le solide perchoir qui les accueillait. Il me passe outre et, d'un pas glissé de cornemuseur écossais allant au combat, il se dirige vers Levenin.

— Veuillez noter que je vous décharge de l'enquête, commissaire Levenin; votre confrère San-Antonio va la reprendre. Vous pouvez disposer!

Boum !

Il se dresse, hagard (Saint-Lazare démourant à la pichenette du Seigneur).

— Oh! monsieur le directeur, interviens-je, me permettriez-vous de conserver Levenin comme adjoint? Les éléments qu'il a pu établir me seront utiles.

Le Dabuche est surpris; mais sa gonzesse l'a tellement ensuqué à mon propos que je suis devenu pour lui une sorte d'évangile vivant enregistré sur disque laser.

— Si vous le jugez bon, faites!

Je lance à Levenin :

— Va m'attendre dans mon bureau, grand !

Je sais, maintenant, que certains morts sont capables de marcher; la preuve : il sort tout seul du bureau d'Achille.

Je cherche le regard de Mlle Zouzou.

J'aperçois ma grosse bitoune dans chacune de ses merveilleuses prunelles.

L'ÉQUIPÉE SAUVAGE

— Tu n'avais pas apposé les scellés ? je demande à Levenin.

Il secoue la tête.

— Je ne vois pas pourquoi je l'aurais fait.

— Et moi, franchement, je ne vois pas pourquoi tu es flic, mon biquet. Ça manque tellement de bras à la voirie ! Pas vrai, monsieur Blanc ?

Jérémie hausse les épaules.

— Si vous nous aviez pas, nous les bougnoules, pour déménager votre merde, vous crèveriez dedans comme des rats que vous êtes ! assure ce spécialiste du balai. En tout cas, pour faire voirier, faut être autrement baraqué que ce trou-du-cul.

Nous nous trouvons sur les lieux de « notre » crime. Mais ceux-ci ont passablement changé : tous les appareils sophistiqués se trouvant dans l'étonnant studio ont disparu. Ne subsistent que les quelques meubles traditionnels. Je fonce sur les tiroirs du burlingue. Hélas, le fameux registre n'y est plus.

Bérurier qui fait partie de notre quatuor croit opportun de renchérir. Comme tous les membres de la Rousserie, il déteste Levenin et estime qu'une occasion de le traiter de con n'est pas négligeable.

— C'est curieux que t'ayes pas non plus mis un gonzier en planque dans cette crèche, Levenin, fait mon Enorme en se payant un air tellement faux cul qu'il rejoint la sincérité absolue ; y m' semb' qu'un flic nouveau, frais rémoulu d' l'Ecole d' police, y aurait pensé.

Notre « victime » s'insurge, ce qui n'est jamais bon pour une victime, car, ce faisant, elle ne fait qu'attiser la cruauté de ses bourreaux.

— Non, mais, y en a marre, les gars ! Qui est venu foutre la vérole dans cet appartement ? Qui a carbonisé la taulière ? C'est moi ou c'est toi, San-Antonio ? Vous butez les gens et vous venez me reprocher ensuite de ne pas surveiller leur domicile ! Je sais bien que la justice n'est pas de ce monde, mais malgré tout je voudrais comprendre !

— Justement, comme tu piges rien à rien, tu mets à côté de la plaque. Nous, on est sur une affure gigantesque, internationale, de toute première importance. Et toi, sombre crêpe, tu t'empresses de jouer ta petite complainte du poulet déplumé. Tu patauges, t'esbroufes, tu rameutes, sans en branler une ! Tu contrecarres, Levenin. C'est ta vocation profonde, ça : contrecarreur. T'agis pas : tu t'opposes. Tu freines dans les montées, pendant qu'on pédale en danseuse ! Au lieu d'aider, tu neutralises !

Je me tais, car la fureur fait auto-allumage et, trop intense, m'étouffe.

Bérurier explore les lieux avec minutie. M. Blanc qui ne me décramponnera peut-être jamais plus, à moins que je ne décède avant lui, exulte :

— Putain, le pied que je prends ! égosille-t-il. Un panard grand commak ! Des flics qui s'engueulent ! Faudrait enregistrer ça et le programmer à la téloche !

Pour ma part, je me laisse couler à pic dans le meilleur fauteuil.

— Note ce que je vais te dire, Levenin. Primo, chercher qui est propriétaire en titre de cette maison. Deuxio, à quel nom l'abonnement téléphonique et le contrat de l'E.D.F. ont été établis. Tu écris ?

— Tu vas trop vite !

— Déchausse-toi, tu écriras plus rapidement avec les pieds ! Tertio, procéder à une enquête serrée dans le voisinage pour en apprendre un max sur la vie de cette baraque : les gens qui y venaient, le service des postes. Interroger le facteur. Tu suis ?

— J'essaie !

— Il est manche, ce type ! s'exclame Jérémie. Je me doutais qu'il y avait des flics manches, mais manches à ce point, j'aurais jamais cru !

— Dis-lui de la fermer ! me lance Levenin, sinon, je vais y toucher à ton pote négro ! Je ne me suis encore jamais laissé insulter par un meurtrier !

— Calmos, les gars ! tonné-je. On a école ! Je continue, Levenin. Quarto, il me faut la biographie en seize volumes de la dame Ruth Booz, le plus vite possible, compris ?

Levenin me place sa botte secrète :

— Ce ne sera pas la peine de traiter le chapitre de sa mort, je suppose, puisque tu la connais ?

Comme quoi, un fumier, c'est un fumier, hein, t'es bien d'accord ? Méfie-toi toujours : il peut en cacher un autre ! Je lui vote un sourire plein de promesses cataclysmiques qui ferait avorter une éléphante à sa huitième année de gestation.

— Avant de te lancer dans le travail que je viens de te tracer, tu vas venir me présenter à ton plombier de nuit, tu sais : le pauvre type qui souffre d'un cancer de la vessie...

— Et nous aut', on y vient z'aussi ? demande le Mastar.

— On ne va pas envahir à quatre la turne d'un grand malade ; attendez-moi ici !

Victor Démurge, ça devait être un gars sympa avant que le crabe lui saute dessus. Il l'est toujours, note bien, mais quand tu agonises t'es préoccupé, fatalement. Pour se marrer faut une certaine disponibilité d'esprit. Un mourant est trop sollicité par des réflexions au goût étrange venu d'ailleurs. Il s'écoute crever, se regarde finir, tellement incrédule que ça lui arrive une chose pareille !

Il est en toute fin de parcours, ce bon Totor ; m'inspire une tant si intense pitié que j'hésite à le questionner à propos de choses qui ne le concernent pas. Je pense très fort qu'on est tous en train de finir — lui un peu plus rapidos que moi —, pour m'inciter aux cyniqueries quotidiennes.

— Navré de vous déranger, monsieur Démurge...

Il devait être grand quand il était bien portant, mais il est transformé en hippocampe par la maladie. Elle l'enroule, la gueuse, à force de lui cigogner le bas-ventre. Il me fait penser à Raymond Bussière ; que je sais pas si tu te le rappelles, tout sombrant si vite dans les limbes.

Un côté brave prolo blagueur, une gueule allongée et crispée comme un gant de boxe, des valdingues sous les yeux pareilles à des nids d'hirondelle. Ça lui donne un vague côté chinois. Il tient sa bouche ouverte pour s'oxygéner des intérieurs en difficulté. Et quand il respire, ça ressemble déjà à un début de râle. On pige que le passage se fera en loucedé. Sa bonne femme fibromeuse et défrisée qui rôde, en brave charognarde, autour de son imminent veuvage, sentira même pas la différence.

Juste quand ça s'accélérera et que ça grimpera d'intensité, elle commencera ses doutes. Je vois tout bien, inscrit dans l'humble logis pour les semaines à venir. Le docteur appelé fissa, sa frime éloquente, sa fausse rassurance pour le patient et sa mimique impuissante à sa rombiasse. Destin ! Destin ! Est-ce toi qui frappes à ma porte ?

Trois petits tours de clé à molette (plombier), trois petits tours de con, et puis s'en va Démurge Victor, né à Vitry-le-François, mort à Paname, enterré à Pantin, *au cimetière des vaches dans le quartier des putains,* chantions-nous à l'époque estudiantine. Tu y peux rien. Le crabe, faut se le respirer.

— C'est pas vous qui me dérangez, c'est ce putain de chou-fleur, me répond Démurge d'une voix vachement lointaine, tellement elle sort des abysses.

— Mon confrère, le commissaire Levenin ici présent, m'a dit que vous regardiez fréquemment par la fenêtre.

— Je ne dors jamais plus d'un quart d'heure d'affilée. Faut que je me traîne jusqu'aux cagoinsses. La vessie, je vous recommande ! Quand elle déconne, celle-là, merci bien !

— Donc, vous pouvez suivre les allées et venues de la maison d'en face ?

— Je vois ce que je vois, mais croyez pas que j'espionne, se défend le brave plombier-zingué (ou presque).

— C'est ainsi que, cette nuit, vous m'avez vu pénétrer dans cet immeuble et en repartir ?

— J'ai raté votre venue, j'ai juste assisté au départ. Vous étiez avec un bougne, un grand.

— Exact, monsieur Démurge. Si vous nous avez aperçus, mon ami noir et moi, vous n'avez pas manqué de voir les gens qui sont arrivés ici après nous à une heure que j'ignore mais que vous allez peut-être pouvoir m'indiquer ?

— Les gens avec la Mercedes commerciale ?

— Combien et comment étaient-ils ?

— Deux. Un couple. La soixantaine. On aurait dit le mari et la femme. Lui, un peu enveloppé, les cheveux gris. Elle, plus menue, l'air comme il faut.

— Vous les avez vus arriver ?

— Non. J'ai entendu une voiture diesel. Au bout d'un moment, j'ai dû me lever et...

Il se tait, de la sueur perle à son front. Il soupire :

— Mande pardon, messieurs, faut que *j'y* aille. Rien que de parler de pisser, ça me donne envie. Enfin, Dieu merci, jusqu'à présent j'ai réussi à ne pas me mouiller.

Sa gerce l'aide à s'arracher de son lit de fer que l'on a installé dans le salon-salle à manger parce que ça doit lui être plus pratique, je suppose, pour finir ses jours.

Il entre dans ses charentaises avec lenteur et minutie, comme Alain Prost dans sa formule 1. Et puis, en route, fouette cocher (de corbillard). Le pauvre mec se met en route pour le long voyage de trois mètres qui conduira sa bitoune naze jusqu'à la cuvette des chiches. Son pyjama gris-triste à rayures bleu-sinistre lui pend sur la carcasse, kif il loquerait les deux bâtons en croix d'un épouvantail. Il y a une vilaine et large tache jaune sur le devant, aux alentours pourtoureux de la braguette.

Sa dadame lève les yeux au ciel sitôt qu'il est entré dans les gogues.

— Il croit qu'il ne se mouille pas, fait-elle, alors qu'il me pisse au lit deux fois par jour !

— Vaut mieux qu'il vous pisse au lit qu'au cul, non ? je l'objecte.

Elle pétrifie un peu, puis conclut à une boutade de flic et me fait la grâce d'en rire généreusement.

Je me fais la réflexion du combien les mourants sont dérangeants pour leur entourage. Importuns, reconnaissons-le. Même quand tu les aimes, ils finissent par te les briser menu à force de ne plus en finir de finir.

Mme Démurge, son bonhomme, elle commence à fatiguer : les jours, les nuits, ses soins, ses gémissements, sa pisse discontinue, qui ne s'interrompt que pour remettre ça.

On entend cataracter la chasse d'eau. Puis le plombier fantôme réapparaît. Un confus sourire de soulagement aux lèvres. Fernande va le chercher. Il s'appuie à son bras, sacre que « C'est pas Dieu possible de devenir ainsi quand on l'a connu comme on l'a connu, à galoper sur les toits, à coltiner des baignoires à lui tout seul sur son dos, merde ! » Je l'imagine, tortue géante à carapace blanche, avec sa baignoire sur le dos et sa tronche du tertiaire. Quand donc aura-t-il été le plus parfaitement lui-même, Démurge Victor ? A son époque de haute plomberie ou maintenant, dans la débâcle de sa viande ? C'est dur à définir. Faut probablement les deux pour que son destin s'accomplisse en plein.

Il se recouche. Il pue l'urine, le rance, la mort.

— Qu'est-ce que je vous racontais ? murmure-t-il.

Là, vraiment, j'ai pitié.

— J'ai peur de vous fatiguer, cher monsieur, nous repasserons vous voir plus tard.

Il fait un mouvement marrant avec son menton, comme un tiroir trop tiré qui est sur le point de quitter son logement.

— Plus tard..., balbutie-t-il vous êtes bon, vous ! Profitez-en pendant qu'il en reste !

— Dis pas des bêtises, Victor, lâche sa bonne femme, par ritournelle.

Mon hélas confrère Levenin fait l'important. Professionnel, sa pomme, toujours et en tous lieux que tu crèves, baises ou pètes.

— Vous nous entreteniez de cette Mercedes commerciale et d'un couple de personnes entre deux âges...

— Oh ! oui. J'ai entendu arriver l'auto. Diesel, ça se reconnaît, non ? J'avais une 404 diesel, moi ; alors l'oreille, vous pensez...

— Bien entendu, vous n'avez pas eu l'opportunité de relever le numéro ?

— J'y ai même pas songé, par contre, ses plaques de voiture on attiré mon attention : elles étaient rouges avec de gros numéros noirs, ce qui est pas courant, n'est-ce pas ?

Sa voix faiblissante me remue les entrailles. O vous, frères humains ! j'aimerais tant pouvoir l'aider, mon gentil plombier. Charrier un peu de sa misère comme t'aides une dame à coltiner ses bagages à la descente du train.

— C'est important ? demande-t-il.

— Très important, monsieur Démurge ; votre coopération nous est précieuse.

Il acquiesce, content de s'être rendu utile une fois encore. Et dans le fond, c'est vrai qu'à sa manière il a débouché notre lavabo, Victor. Une bagnole avec des plaques rouges portant de gros numéros noirs. Illico, j'ai retapissé l'affaire, moi ! Raccroché le wagon à la locomotive. Cela signifie que la Mercedes en question est immatriculée en Irlande, mon ami. En Irlande où la défunte Ruth Booz possède une propriété.

Irascible, Levenin insiste :

— Vous les avez vus déménager du matériel ?

— Oui. Des appareils compliqués.

— Ils ont fait long ? demande le hargneux.

— Ils ont dû rester une dizaine de minutes en tout. Peut-être un quart d'heure...

— Et ils sont repartis ?

— Oui. C'est à ce moment-là que j'ai aperçu les plaques rouges.

— Immatriculation en TTX, assure doctement Levenin.

— Oui, mon con, je réponds. Bien, encore merci, monsieur Démurge. Tous mes vœux de prompt rétablissement.

Il a ses mains allongées sur le drap, de part et d'autre de sa carcasse. Je pose ma dextre sur sa sinistre, presse fort pour lui refiler un chouïa de mon énergie. Il opine. On se dit adieu. Peut-être que je crèverai avant lui, pourquoi pas, l'existence est si pleine d'embûches. Les jours qui lui restent sont des espèces de petits siècles condensés et ma galopade peut être stoppée net.

— Viens voir ce dont j'ai découvert, me dit Bérurier le Grand.

M. Blanc exclame :

— Il est gonflé, ce sac à merde ! Je savais que les flics étaient des enfoirés, mais enfoirés à ce point j'étais loin de me douter ! C'est moi, qui ai trouvé cette combine, hé, gros nœud !

Le Mastar se drape :

— Tu l'as découverte selon mes directrices, mâchuré, alors pompe-moi pas l'air !

Solennel, le Gros s'empare d'un siège et le place devant la porte.

— Monte là-dessus ! chantonne le Surdoué.

M'exécute.

— Tu voyes ce qu'y a, au-dessus du champ branleur ?

J'examine le chambranle et détecte un petit contacteur à peine plus gros qu'un cure-dent relié à une boîte de fer qui forme l'angle supérieur droit du chambranle. On l'a pareillement mouluré et peint de la même couleur, de façon à ce qu'il se confonde — ou plutôt se fonde — avec celui-ci.

— T'as dégauchi, mec ?

— Oui.

— Y a un' visse sur le côté, je l'ai juste ajustée pour que ça tienne ; enlève-z'y la, j' te prille.

Follement docile, j'obtempère. Le coffrage qui constitue la partie extérieure de la boîte me reste dans les mains et je découvre à l'intérieur un mécanisme drôlement sophistiqué. Un fil menu en part, qui se noie dans le plafond. Il semble partir perpendiculairement au mur. Le Mammouth, qui a suivi mon regard, m'informe.

— Y s' termine dans l' lustre qu'est accroché au milieu d' la pièce. D'dans, tu découvreras trois ampoules et un micro. Pigé ?

— Je cherche.

C'est M. Blanc qui intervient :

— Si tu trouves pas, c'est qu' t'es un sacré grand con de flic, mon vieux ! Je savais que les flics étaient tous de sacrés grands cons, mais aussi grand con que toi, les bras m'en tombent !

— Tous les singes, les bras leur tombent, aboie Béru ; à preuve : ils ont les pognes qui traînent dans la poussière ! Dis, tu nous fatigue, av'c tes considérances malflatteuses sur les flics. J' veux bien qu' t'es noir, Jérémie, mais t'abuses d' la situation, mon pote !

— Ecrase, ta connerie déborde ! riposte M. Blanc. Quand tu causes et quand je pète, y a que l'odeur comme différence ! Parce que toi, tu pues de la gueule !

Les choses s'envenimant, Levenin, égrillard, se tourne vers moi.

— Tu vas nous imposer encore longtemps cet énergumène, Sana ? T'es devenu maso ou bien c'est parce qu'il y a un cadavre entre vous ?

Moi, si tu ne me connais peut-être pas bien, du moins, tu me soupçonnes, hein ? Donc, ce qui suit ne te surprendra pas des masses. Je saute de ma chaise et je tire un bourre-pif dans le tarbouif de Levenin ! Rrran ! Mon chosefrère part à dame, le cul sur la moquette, avec une pommette belle comme une aubergine.

Ravi, Jérémie brandit dans ma direction son énorme pouce largement spatulé.

— Dans ton genre, t'es un gars comme ça ! me dit-il. Je croyais pas que les flics pouvaient être des gars comme ça, ben toi tu l'es !

— Que devais-tu m'expliquer, tête de lard ? l'interrompé-je.

— Le système de la lourde. Quand tu l'ouvres, ça met le micro en batterie.

Béru enchaîne :

— L'un des appareils embarqués devait transmettre les sons à un réceptacle, tu piges ? Quand t'est-ce tu t'es pointé avec Blanche-Neige, vot' visit' a t'été diffusionnée ; comme, ensute, les allées et venues. Les potes de la dame suvaient tout le bigntz. Lorsque la voie a t'été libre, ils s' sont pointés pour évacuer le chenil.

Intéressant.

Bon, on s'en est suffisamment dit ici. Si les gens à la Mercedes irlandaise continuent de nous esgourder, vaudrait p't'être mieux qu'on aille tailler des bavettes autre part, non ?

Levenin ramasse l'une de ses prémolaires qui souillaient le tapis et la glisse dans sa poche. Je devine qu'il va la garder contre moi.

On rabat tous sur la Grande Taule, notre couvent bien-aimé car il va être l'heure de la prière.

Une momie fait antichambre. Femelle si j'en crois la robe qu'elle porte. Sa tête disparaît sous quinze mille mètres de bande de gaze formant ruche, avec à peine une meurtrière pour laisser passer le regard.

La ruche blanche zozote :

— Commissaire !

Je m'en approche.

— Vous me connaissez ? lui demandé-je.

— Ve fuis maame Athias.

Sursaut du beau commissaire.

— Madame Mathias ! Chère amie ! Quel bon vent ?

Ses bandelettes s'humidifient dans la région des cavités oculaires : elle pleure. Je ne sais pas si tu as déjà vu chialer des momies, laisse-moi te dire que c'est un spectacle éprouvant.

Je pose ma main sur son épaule. Elle bieurle qu'elle est luxée. Défense de toucher ! Ensuite elle m'explique l'objet de sa venue en ces lieux. Tout à l'heure, son Rouillé s'est pointé chez eux avec deux douzaines de roses baccarat (bien qu'il ne soit pas joueur). Elle lui a ouvert. Il s'est mis à sangloter et à lui demander pardon. Alors elle a inversé les réacteurs aussi sec et s'est mise à lui chanter la messe en auvergnat. Elle a pas eu le temps de prononcer deux phrases qu'il est reparti dans sa folie homicidaire. Il s'est mis à fouetter sa pauvre gueule déjà tuméfiée avec le bouquet jusqu'à ce qu'il ne lui reste plus qu'une poignée de tiges en main. Les épines l'ont défigurée, Mme Mathias. Lui ont mis la frime en copeaux. Elle n'aurait pas fermé les yeux, elle serait aveugle canne blanche, étude du braille, toute la lyre ! Puis il est reparti en la traitant de Carabosse, de sale vache puante, de foutre avarié, de glaires mal vomies, de merde écrasée, de saloperie en solde.

Il a ajouté qu'il demandait le divorce pour s'éviter les assises, sinon il la buterait tout de bon, à coups de talon ! Et probablement qu'il lui arracherait les yeux avant pour pouvoir déféquer dans les trous. Remplacer son regard de guenon crevée par deux étrons d'hépatique, c'était son rêve le plus cher, Mathias. Sa raison d'être depuis des lustres. Il grelottait de bonheur en y pensant, les nuits d'insomnie sans lune. Il prenait des laxatifs puissants pour pouvoir chier à la demande. Toujours prêt ! Il a été scout, jadis.

Alors, la pauvre ogresse a compris que cette fois la page est tournée pour de bon. Elle a décidé de devenir rampante à vie pour essayer la reconquête de ce mâle indomptable. Elle lui sera soumise jusqu'à son dernier souffle. Se fera humble comme Tampax jeté, servile, cireuse de lattes, pompeuse à toute heure. Servante confite en humilité éperdue. Elle vient pour amender honorablement. Lui dire tout cela à genoux. Extorquer sa clémence, au grand Mathias. Deux heures qu'elle poireaute ici, mais il refuse de la recevoir. Lui fait dire qu'elle dégage sa viandasse avariée de son cadre professionnel. Une charogne n'a que faire ici.

— Fi hous foufiez infister, commiffaire...

La gaze orbitale est inondée en plein, maintenant.

Je promets de plaider sa cause. Me rends auprès du Rouquin.

Pendant ce temps, Béru chope le relais consolateur. Pourtant, c'est pas son entrecôte-marchand-de-vin, une maigrichonne acide comme la gerce à

Mathias. Lui, il aime le gras-double ou, pour le moins, les personnes bien en chair. Les pintades étiques, tiens, fume ! D'abord, elle est probablement trop étroite pour sa géante trique, la gueuse ! Son tour de taille déjà qui est inférieur au tour de taille de la biroute béruréenne, comment voudrais-tu ? Et sa petite bouche cracheuse d'invectives, tu la vois pomper un dard aux si larges épaules ! M. Blanc met son grain de sel. Comme quoi le Rouquemoute a raison. Sa Ramadé se serait autorisé le centième des malséances que dame Mathias a virgulées à son vieux, elle serait sourde à vie des deux baffes qu'il lui aurait placées.

— Du nouveau, Rouillé ?

— En compulsant les fichiers internationaux, j'ai découvert deux autres cas d'hommes assassinés et qu'on a retrouvés avec leur appareil génital entre les dents.

Il est calme, désenchanté, noble aussi.

— Raconte !

— Premier cas, l'an dernier, à Hambourg : un gangster notoire, grand maître de la drogue en Allemagne de l'Ouest. On l'a repêché dans le port, enveloppé de grillage, la bouche grandement ouverte et ses testicules enfoncés jusqu'à la glotte. Le second cas a eu lieu en République d'Irlande et concerne un homme d'affaires d'origine sicilienne qui passait pour être un parrain de la Maffia. Il a été découvert à bord de son jet privé sur un terrain d'aviation, non loin de Galway. Il y avait atterri le matin. Son pilote l'attendait à l'hôtel de *la Couronne*. Ils devaient reprendre l'air le lendemain. C'est le pilote qui a trouvé son patron mort, en venant préparer le zinc. Le Sicilien avait eu la gorge tranchée au rasoir, de même que ses burnes.

— Tiens, soliloqué-je, ça se précise.

— Qu'est-ce qui se précise, monsieur le commissaire ?

— L'Irlande. Tu vas faire passer une note à tous les services routiers : ordre d'interpeller un couple de gens d'un âge certain, roulant à bord d'une Mercedes commerciale immatriculée en Irlande. J'ignore le numéro, mais des Mercedes commerciales à plaques irlandaises, ça ne doit pas pulluler sur les routes françaises. Faire porter principalement les recherches sur la région nord-ouest et alerter les ferries-boats assurant le trafic France-Irlande.

— Je fais le nécessaire, commissaire. A propos, voici la photo que vous m'avez demandée.

Il me présente un cliché un peu flou, mais dans notre job on n'a pas le temps de donner dans l'Hamilton. Et puis d'ailleurs lui aussi donne dans le flou. Je range la photo et saisis Mathias par l'épaule.

— Maintenant, sois magnanime : occupe-toi de ta rombière qui meurt de consomption dans l'anti-chambre.

— Qu'elle crève, commissaire !

Il a balancé ça avec une étrange fermeté.

— C'est ton dernier mot, Mathias ?

— Non, commissaire. Mon premier d'homme libre.

— On ne va pas la laisser se déshydrater dans la Grande Taule ; elle chiale comme un torrent à la fonte des neiges, ça fait désordre.

Le Rouillé me prend le bras et stoppe ma circulation à trop le serrer, comme s'il entendait me confectionner une intraveineuse.

— Puis-je vous demander votre aide, patron ?

— Toujours, grand. De quoi s'agit-il ?

— Faites-moi embarquer cette sous-merde à son

domicile et dites-lui que mon avocat se mettra en rapport avec elle pour la pension.

— Alors, vraiment, Blondinet, c'est fini ?

— L'amour est mort, commissaire.

Il cherche de l'inédit, une somptueuse métaphore à suspension télescopique et bain d'huile et lâche :

— Il est mort comme une plante qu'on n'arrose plus.

Moi, ça boulonne intense sous ma bigoudaine, espère ! Je veux pas chiquer les Maigret, mais question des déductions, j'en confectionne comme avec un gaufrier. Je pense, j'essuie, je sonde, j'approfondis et surtout, je tire (à bout portant) des conclusions qui feraient un trou grand commak dans le blindage d'un cuirassé (ou d'un cul racé, pour les gens titrés).

Qu'après ma grande lessive gambergeuse, je décide de procéder à un intermède en allant tervie-wer la môme Mandoline dont j'espère qu'elle est rentrée à Montreux.

Elle m'a flanqué son adresse et c'est d'un index léger que je toque à la lourde de sa gentilhommière située dans le grenier d'un petit immeuble étançonné à l'aide d'énormes madriers, eux-mêmes vétustes, et qui n'attend qu'un fort éternuement pour s'écrouler, kif l'immeuble de la pube pour Samsonite lorsqu'un voleur engourdit la valoche qui le maintenait debout.

Ça pue la frite depuis le carrefour quand on va chez Karim et Mandoline. Et en plus la merguez. Bien entendu, M. Blanc et Béru m'accompagnent. On serait un de plus, on pourrait nous prendre pour « les trois mousquetaires » (Jérémie interprétant le cardinal de Richelieu). A propos des *Trois mousque-taires*, bien des gens qui connaissent mes liens d'amitié avec Alexandre Dumas père, me demandent pourquoi, les mousquetaires étant quatre, il a appelé son *book les TROIS mousquetaires*. La raison en est simple. Le jour où il a remis son manuscrit à l'éditeur, Alexandre était beurré comme un petit Lu. Il a recompté ses héros avant d'inscrire le titre sur la première page. Il s'était pété au porto et s'est tenu le raisonnement d'ivrogne suivant : « Portos, je l'ai bu, donc il compte plus. Reste Athos, Aramis et d'Artagnan. Ça fait trois. » Faut dire qu'il titubait comme un essuie-glace sur vitesse accélérée. Même qu'il a perdu des feuillets en cours de route, ce qui fait que, par la suite, on a dû imprimer plusieurs fois le même chapitre pour rattraper la pagination. Mais que ce petit secret reste entre nous, je te prie. C'est plein de ces torves combines, en littérature.

Alors, tels les trois mousquetaires moins un, on s'annonce chez Mandoline. Toc, toc !

Elle vient délourder, sublime pipeuse, nimbée d'une épaisse vapeur huileuse d'un bleu féerique. Renfrogne un brin de me trouver déposé sur son palier telle une bouteille de lait. Mais me fait bonne frime tout de même :

— Oh ! c'est vous, salut !

— Salut, gamine !

Son Arbi est à table et mastique sa merguez sans désemparer, comme ignorant notre venue. On le fait chier et il tient à ce que la chose soit de notoriété publique.

Nous entrons.

— Vous avez fait bonne route, mes petits gars ?

— Ça a été, convient Mandoline.

Karim continue de claper en lisant l'*Equipe*.

Béru avance sa main tremblante d'émotion vers le plat de frites, appétissantes j'en témoigne. Il empare deux cent cinquante grammes de patates dorées et les enfourne.

— C'est pour bouffer que vous êtes venus ? demande la sauterelle.

— Non, je lui fais-je, c'est pour que tu nous dises où est Pâquerette.

— J'en sais rien, moi, elle est pas avec vous ?

— Si elle y était, je viendrais pas dans ta bauge pleurer après elle. Tu es passée à son domicile ?

— Non. J'aurais dû ?

V'là qu'elle recommence dans les impertinences, cette pompeuse de chibres. L'insolence du regard, je te dis que ça.

Jérémie, qui musarde dans le grenier, mains aux poches, s'approche de moi.

— Je peux te dire quelque chose en privé, mon vieux ?

Je l'entraîne sur le palier. Pendant qu'on est *out*, le Gros reprend de la frite.

— Qu'as-tu à me dire ?

— Pâquerette est ici.

— Tu l'as vue ?

— Non, je l'ai reniflée. Moi, depuis que j'allais chasser en brousse avec mon père, les odeurs je ne les oublie jamais plus. C'est un don. Dans dix ans, en entrant dans un bistrot, je saurai que tu t'y trouves sans regarder les clients. Ta Pâquerette, mon con, elle sent acide, une odeur qui picote, dégueulasse. Et puis tu remarquerais une chose, si t'étais pas le plus con de tous les flics...

— Je remarquerais quoi ?

— Le gars bouffe sur une assiette. Sa souris, elle, elle a deux assiettes l'une sur l'autre. Tu crois que c'est le genre de ces crevards de merde ? L'assiette du dessous est graisseuse comme celle du dessus. En outre, y a, dans le plat de frites, un couvert :

fourchette, couteau. T'as besoin d'un couteau, ta pomme, pour te servir des frites ? Pour finir, y a trois verres sur la table. Je me doutais que t'étais pas un génie, mais con à ce point, alors là, je suis soufflé !

Je souris à M. Blanc.

— Tu vois, Jérémie, je lui dis-je, franchement t'es plutôt sympa, mais je sais que le jour où je perdrai patience à force d'être insulté par toi, il te faudra quatre mains pour te protéger les couilles.

— Alors, ce jour-là, toi, il te faudra un escadron de C.R.S., pour qu'il te reste un nez, mec.

Bon, on rigole, on se flanque une claque dans le dos, on rentre.

Mandoline nous attend, bras croisés, adossée à une vieille commode dégauchie chez un brocanteur qui liquidait. Son jules frisé tente de coaguler sa patience, pas qu'elle foire, mais il se tend comme une peau de tambour, le motard.

Quand au Gravos, il flippe à mort avec les frites. Je parcours du regard le misérable grenier « aménagé ». Ce qu'il peut y en avoir dans notre belle France, des « aménagements » de ceci en cela : garages devenus studios, réduits à balais promus salles de bains, balcon transformé, par la magie d'un vitrage, en « jardin d'hiver »... Si t'es pas combinard, chez nous, tu stagnes. Faut avoir des idées, des notions, des combines. Pas craindre. Y aller franco ! Le système D éclaire notre rabougrissement.

De deux choses l'une. Si Pâquerette est ici, elle se trouve soit dans cette penderie, là-bas, confectionnée avec deux planches et un rideau, soit sous le sommier, encore qu'il me paraisse un peu bas sur pattes pour que la grosse vachasse puisse se couler sous ses ressorts.

D'un pas délibéré je vais à la penderie et fais glisser le chiftir cretonne d'un geste sec. La dodue est bien là, accroupie sous quelques hardes. Tu la croirais en train de bédoler.

— Tu étouffes, ma pauvre poule, j'apitoie. Viens un peu rigoler avec nous.

Et de lui tendre la main pour l'arracher de sa planque.

Un barrissement !

Mon pote Jumbo se précipite sur la morue de Ted of London. Cette beuglante qu'il lui balance, Messire Mastar !

— Salope ! Voleuse ! Les bijoux à ma Berthe ! La médaille à mon gars ! Ma fraîche ! Rends-y-moi illico, qu'autrement sinon, je te carbonise.

Les tartes pleuvent. La fille essaie de se protéger de la tornade noire. Mais il tape, Béru. Je m'interpose :

— Calmos, Gros, pas de bavures, on est à Paris ! Son bras lui en tombe.

— Quoi, bavures ? C'est mon blé qu'elle a engourdi, c'te pute ! Les bijoux à ma dame ! La médaille de baptême à mon fils ! Y a pas de bavures possibles quand il s'agit de soi-même personnellement !

Pâquerette pleure comme vache qui pisse ! Elle proteste qu'elle n'a rien pris. C'est pas son genre, voler ! Et puis, dites, si elle en avait envie, elle choisirait d'aller détrousser un n' haut factionnaire de la police ? Non, mais qu'on raisonne !

M. Blanc lui apporte ses renchérissures. Comme quoi faut vraiment que le Gros ait un microbe en guise de cerveau ! Déjà, quand il est venu m'égosiller ses déboires, il s'est marré. Sa voisine, il l'imaginait pas en train de piller le logis du Mammouth ! Une paumée aussi flagrante, dites, y a que des cons de flics pour la croire cap' d'une telle prouesse. On

laisserait sa fraîche sur la table de nuit qu'elle oserait
même pas y piquer un talbin !

— La ferme ! tonne mon pote.

Et, à Pâquerette :

— Donne ton inversion des fêtes, et chambre-moi
pas, sinon y aura des taches dans ce taudis.

Alors, la malheureuse cause. Et ce qu'elle dit est
troublant.

Sur le morninge, elle a quitté la couche royale de
Béru pour faire son angélique pipi. Elle en a profité
pour ensuite s'ablutionner le trésor, mis à mal par les
coups de boutoir de Sa Béatitude. Et voilà que la
salle de bains s'ouvre et qu'une ogresse moustache
surgit ; énorme, terrible, les yeux pareils à deux
gants de boxe rouges. Pour commencer, flanque une
peignée pure laine à Pâquerette. Lui demande
ensuite ce qu'elle fout chez elle, à cheval sur son
bidet. Miss Calamitas raconte ses misères. L'esprit
chevaleresque de ce flic hors paires. Leur nuit de
Valpurgis en version pour films « X ». La Grosse se
calme un peu. Enjoint à la pauvrette d'aller ramas-
ser ses frusques et de disparaître. A tout jamais !
Loin ! Si elle revoit l'homme à la queue d'âne, elle
sera passée par les armes. Et alors la gosse se
saboule vite fait, tu penses ! Elle se taille. Court !
Court encore... Viens chercher refuge chez des
potes, de retour de Montreux. Et, regardez un peu
voir ce qu'elle a trouvé dans son sac ! La médaille
d'Apollon-Jules ! Elle jure de ne point l'avoir prise.
Elle voulait me l'expédier par la poste afin que je la
restitue. La preuve ? Tenez, elle a déjà écrit l'enve-
loppe : « Commissaire Santandetonneau, Police
Fiduciaire, Quai des Trois-Orfèvres, Paris 75 ».
Karim devait poster le bijou en allant au boulot,
demain. Hein, Karim, que c'est vrai ?

Le Beur reste gourmé. Aucune connivence avec les perdreaux. Ça lui ferait mal ! Il a sa dignité.

A deux centimètres de l'hébétude, Béru. Il me regarde comme un qui vient d'avoir les deux guitares sectionnées par les roues d'un train de marchandises.

— Elle me chambre, hein ? me demande-t-il.

Je ne réponds pas. M. Blanc le fait à ma place :

— C'est ta vieille qui te chambre, mon vieux ! Elle est rentrée en catastrophe de sa virée avec son julot parce qu'ils n'avaient plus de picaillons. De trouver la môme chez elle, ça lui a donné l'idée de t'arnaquer en faisant porter le chapeau à Pâquerette. Elle l'a surprise et a chouravé tout le pognon et les ors de votre appartement et t'a joué un branle en criant au voleur. Et je parie qu'elle est repartie avec son mec ! Ah ! ah ! Ils font la grande fiesta à la santé de ta connerie. Je me gaffais bien que les flics étaient cocus, mais cocus à ce point, j'aurais pas pu l'imaginer tout seul.

Mon pauvre Patapouf est tellement glacé de désilluse qu'il n'a pas la force de châtaigner le moqueur. Ses bajoues tremblent, ses lèvres, son regard pend comme deux balanciers d'horloge dont les mouvements seraient contraires car le chagrin le fait loucher, Prosper.

— Pâquerette, je dis-je, pourquoi t'es-tu cachée quand nous avons sonné à la grille du parc ?

— J'ai eu les foies.

— De nous ?

— Non, j'ai peur des gens qui ont saccagé notre apparte. Je me suis dit qu'ils s'étaient peut-être lancés à mes trousses...

— Que crains-tu d'eux, ma belle hernie étranglée ?

— Je ne sais pas... Tout !

Elle est hautement lamentable, la gosse. Belle comme des hémorroïdes éclatées, en moins appétissant toutefois. Pour s'embourber ce tombereau de saindoux, faut être Béru, l'homme qui baise plus vite que son ombre, ou alors un con d'Angliche comme Ted of London !

— Suis-moi, beauté fatale !

— Où qu'on va ?

— A Empoigne, ce patelin célèbre pour ses foires.

Elle me suit. Le noirpiot, œuf corse, le pas m'emboîte.

— Non, non, monsieur Blanc, rèfuté-je, je reviens de suite ! Attends-moi avec mon pote et si Mandoline trouvait un fond de n'importe quoi pour lui remonter le moral, je la placerais en bonne position sur ma liste civile.

On se retrouve sur le palier, la monstrueuse Pâquerette et moi. Comme la porte est mal épaisse, je l'invite à descendre un étage de mieux. M'assieds sur une marche et tapote ladite du plat de la main pour inviter la tarderie à y déposer son gros cul déguisé en camion de déménagement.

Elle obéit. Putasse, ce qu'elle fouette, la sœur ! Le rance, le corps en négligence, en presque putréfaction ! Faut aimer, la sanie, je te jure, pour niquer cette apothéose ! Etre un batifoleur de poubelles ! Un éleveur de rats d'égouts !

— Vois-tu, ma Pâquerette printanière, le moment est venu de discuter calmement. La nuit porte conseil ; aujourd'hui on est décrispés, dépassionnés. On y voit clair. Je sais que si on s'attelle pas franchement à votre problème, y aura des choses funestes à déplorer. Et toi aussi tu sens ça, avec ton flair féminin. On va droit aux hécatombes, ma chérie. Ça m'ennuierait d'aller regarder à quoi tu

ressembles, à poil, dans une bassine de la morgue.
Tu sais, faut larguer tes idées préconçues à propos
de la police. Nous autres de la Rousse, on est peut-
être chicaniers sur les bords, mais on n'a encore rien
trouvé de mieux que nous pour la sécurité des
innocents.

Toujours un petit laïus sentencieux avant de
chambrer à mort un hésitant. Ça le conditionne.

Je laisse filocher une pincée de secondes, de quoi
fabriquer une minute de silence pour les cas graves.
Et puis, doucereux :

— Pâquerette, tu connais ce monsieur ?

J'exhibe au creux de ma pogne la photo que m'a
remise Mathias, naguère.

Elle la prend pour la porter à son nez. Tiens, la
voilà myope, de surcroît, cette brave taupe pestilen-
tielle ! C'est la fée Carabosse qui, décidément, s'est
penchée sur son berceau.

Elle contemple le rectangle glacé.

— Oui, fait-elle résolument en me le rendant, je
connais.

— Annonce la couleur !

— C'est un ancien copain de Ted.

— Son blaze ?

— Ted l'appelait « le para », son vrai nom, je ne
l'ai jamais entendu.

— Ils s'étaient connus où et comment ?

— Je ne sais pas. Ted est anglais : il cause pas
beaucoup, les confidences, lui, vous repasserez !

— Pourquoi dis-tu que c'est un ancien copain, ils
ne se fréquentaient plus ?

— Non, je l'ai vu juste à nos débuts, Ted et moi,
une ou deux fois.

Elle me regarde.

— Parole, commissaire. Je peux rien vous
apprendre de plus.

— Ça n'est déjà pas si mal, fais-je en replaçant le cliché dans mon porte-cartes.

Ah ! j'oubliais de te dire : cette photo est celle du type qu'on a trouvé mort à Montreux, dans la salle du festival.

UN MOUTONE, DES MOUTONSSES

— C'est pas très sérieux, tout ça, fais-je à mon éminent compagnon.

M. Blanc bâille du dos de la main, non sans distinction.

— Qu'est-ce que t'entends par là, flic ?

— De sauter le boulot ! Ça va devenir cradoche dans le quartier Saint-Sulpice si tu fais l'école buissonnière.

Il ricane :

— Ça te choque, un Noir qui se fait porter pâle ? C'est la première fois. Je peux me permettre. J'ai commencé dans les égouts, mon vieux. Cette merde ! Au bout de six mois, je chiais mes tripes, comme vous autres, les blafards, lorsque vous goûtez à notre bouffement. T'as jamais rempli des caissons de rats morts maniés à la fourche ? Ni raclé des horreurs en couche épaisse comme ça ? Eh bien, ça se passe sous votre Paris de mes couilles, mon vieux. Votre Paname comme vous dites, qui sent si bon Chanel, avec plein de belles gonzesses qui trottinent, il repose sur du pus et de la crevaison ! Ne serait-ce qu'à cause de ces six mois passés dans les égouts, j'ai le droit de m'offrir un extra dans ma vie professionnelle.

Ayant dit, il mate par le hublot. On largue les côtes de France pour piquer sur la Manche. Au-dessous de nous, c'est encombré de nuages plombés ; mais au-dessus le soleil règne en maître absolu. On est glandus, en bas, de se faire tarter avec le mauvais temps : suffit de grimper au-dessus des nimbus, cumulus, trouducus pour rejoindre le mahomed et ses apothéoses.

Leurs zincs, sur Air Lingus, ils sont aménagés faut voir comme ! Une cloison sépare complètement les passagers du poste de pilotage. Si t'es claustrophobe, ça ajoute à tes affres.

L'une des trois hôtesses est vachement choucarde, dans les tons châtain vénitien, z'œils verts, taches de roussance. Coulée au moule ! Rieuse. Tout bien. Mais les deux autres feraient gerber un pasteur anglican, tant tellement qu'elles sont boulottes et blettes, avec des tronches de taties frisottées et les cannes en cerceau.

Je regarde Béru qui, de l'autre côté de la travée, est en train de chambrer une douairière peinte en guerre. Une dame rosbif, je gage. La peau tirée à mort, des grâces irritantes de petite fille septuagénaire.

Il lui parle dans ce dialecte que le Gros considère comme étant de l'anglais.

— You are très véry nice, my poule ! je l'entends dégoiser. Ouate is your blaze ? Comment dites-you ? Mairie ? It-is un name, ça ? Ah ! Mary, Marie, quoi ? Chez nous, in notre contrée, we disons Marie, like the mother of the petit Jésus. I avais one cousine qui s'appelait Marie ! A real salope. Elle avait pas ten years que j' lui foutais my braque in the backside. Very gode !

Le Mastar, sentant mon regard sur sa nuque, se tourne vers moi.

— Dans la fouille ! me dit-il.

— Gaffe-toi des mauvaises surprises, mec, le douché-je. Les vieilles qui se font tirer la peau, quand elles ouvrent les jambes, elles ont toujours quatre-vingts ans !

Il hausse les épaules.

— C'est la jalousie qui t' fait esprimer, ronchonne-t-il. Je raffole les gonzesses d'espérience.

— Alors tu viens de gagner le gros lot, gars. Mémère a davantage d'heures de vol que toute la Compagnie Air Lingus.

Jérémie qui a suivi cet échange, murmure :

— C'est un goret, ton pote, non ? Je savais les flics tendeurs, mais saute-au-cul à ce point, c'est renversant.

Il crachote un je ne sais quoi qui stagnait entre ses éclatantes ratiches carnassières (peut-être une particule de missionnaire ?) et ajoute :

— Note que toi aussi, t'es goret, mon vieux. La manière que tu regardes les frangines, on croit toujours que tu vas ouvrir ta braguette.

— Que veux-tu, monsieur Blanc, je suis un homme en vie ! Nos sens sont notre unique référence ; les négliger équivaudrait à négliger le Seigneur qui nous les a fournis.

Jérémie se signe vite fait bien fait.

— Je t'en prie, poulet ! Mêle pas le Seigneur à ta sale bite de flic, j'ai idée qu'Il n'apprécie pas.

Là-dessus, on peut mentionner un léger remue-ménage dans les steppes de l'allée centrale : c'est Béru et sa voisine qui quittent leurs sièges pour gagner les toilettes.

— Je vais faire une petite politesse à médème, me confie le Magistral ; j' sais bien qu' les chiches sont un peu contigus et qu' la place manque pour folâtrer, mais nous aut' qu'on a pas d' pétrole, on a des idées, pas vrai ?

Ils disparaissent vers la queue de l'appareil (évidemment...).

Le paysage est à ce point sublime que je stoppe ma voiture de louage pour mieux le savourer. Imagine des collines mauvies par la bruyère et sillonnées de ruisseaux qui courent approvisionner des lacs enchanteurs. Des troupeaux de moutons sans berger, ovins blancs et têtes noires, paissent dans cette pastorale. Ça et là, les tranchées des tourbières découpent le paysage en parcelles géométriques, lui donnant un caractère abstrait.

— T'es en panne ? s'étonne Béru.

— Des sens, réponds-je. Vise un peu comme cette nature est belle ! Si pure, sans un seul panneau pour le Coca ou les pneus Trucmuche. Des ajoncs, de l'eau claire, des moutons, des vallonnements, bref, un enchantement ! Un vertige ! Un régal indicible...

— Reste av'c nous, mec ! bougonne le Gros.

Et il pète sans pour autant souiller la beauté du site.

Ce qui corrompt bien autrement la félicité ambiante, c'est la survenance de trois bagnoles circulant à allure modérée vu l'exiguïté de la route.

Trois autos formant cortège.

Celle qui roule en tête est une Mercedes commerciale beige, ayant à son bord un couple d'un âge certain, plus un passager à l'arrière beaucoup plus jeune. Elle est immatriculée en Irlande, ce qui va de soi dans ce merveilleux pays. La seconde auto est une Peugeot 606 vert nil dont les plaques sont parisiennes. Un homme la pilote ; il est seul. La troisième tire, une Audi 200 noire, est immatriculée en Allemagne, et deux personnes l'occupent. J'ai le temps de constater que les trois véhicules sont lestés de bagages et de colis qui font ployer l'échine de leurs amortisseurs.

Un âcre sentiment de triomphe me met une musique barbare dans les replis de l'âme.

« Ce sont eux », songé-je.

« EUX » ? Qui donc ?

Ça reste à déterminer. Mais il est impossible que je me goure. Je hume des effluves délicats, perceptibles par moi seul. C'est cela être poulet. Avoir des sentiments absolus. S'ouvrir à des vérités pas toujours évidentes. Lire dans l'indiscernable.

Cette Mercedes avec un couple âgé...

Mince, ils auront fait vite ! Onc ne me l'a signalée en France alors que j'avais demandé qu'on surveille les lignes de ferries-boats ? Attends, je pige : ces trois tires ont affrété un avion-cargo ! La Mercedes n'a pas eu à rouler beaucoup. Paris-Villacoublay. Après la mort de Ruth Booz, ils se sont grouillés de déménager leurs appareils et de s'évacuer sur l'Irlande où se trouve leur P.C. Donc j'ai eu le nez creux en décidant de venir mater de près la propriété de notre victime ! Bravo, San-Antonio, je ne t'exprimerai jamais avec assez de force ma totale admiration.

M. Blanc bâille à lion-de-l'Atlas-que-veux-tu.

— T'as remarqué ? murmure-t-il.

Je sursaille :

— Remarqué quoi ? fais-je en toute fausse innocence.

— Ton couple à la Mercedes : il vient de passer.

Cézigue, dis donc, il est doué sur les bords, non ?

Je démarre, le regard fixé sur les trois chignoles qui serpentent à travers la lande violette.

— Dis voir, Jérémie, ça te dirait d'entrer dans la Rousse ?

Il glaviote une seconde parcelle de missionnaire coriace.

— Pour faire le con, avec un bâton blanc, dans un carrefour ? Je te remercie ! Je préfère balayer vos merdes de chien sur les trottoirs.

— Si je m'occupais de toi, on pourrait couper à la période bâton blanc, tu sais, l'artiste. Y a toujours des accommodements avec le ciel.

Il ne répond pas ; mais je sens que ma propose fait du traininge dans sa tronche.

— Un stage à l'Ecole de police, rêvassé-je. Tu sais lire et écrire, j'espère ?

— Un peu, juste assez pour pouvoir lire Montaigne, mec ; et pour écrire des alexandrins quand la nostalgie du pays me cigogne trop l'âme.

Il regarde Bérurier endormi.

— Tu nous ferais faire une dictée à ce gros sac et à moi, il aurait l'air un peu plus con encore que nature !

— Alors ça devrait boumer, monsieur Blanc. Je te verrais assez dans ma fine équipe, tu y apporterais un sang neuf.

— Faut voir, fait-il prudemment. Comme job, c'est pas pire qu'égoutier, non ?

— Si, très souvent ; mais y a des compensations.

Les trois gamelles ont disparu, biscotte j'ai levé le panard, pas leur donner l'éveil. Les lacs succèdent aux lacs, les prairies vertes aux landes mauves, des maisons aux toits de chaume bordent le chemin.

On traverse une agglomération dotée d'une auberge dont une partie forme pub.

La route grimpe un peu, blanche au milieu de la verdure. On dirait qu'on va gagner le ciel, mais parvenus au sommet de la côte, on pousse un cri admiratif, Jérémie et moi, car c'est un paysage de haute tenue qui nous est soudain offert. La mer, d'un bleu presque noir, avec des tartines d'écume blanche. L'horizon la marie aux nues qui vont s'assombrissant. La côte est hérissée de roches gothiques, dont la découpe impressionne. Quel panorama ! comme dirait le duc d'Aumale à la valeureuse personne qui le montait à cru.

— Bioutifoul, hein ? exulté-je, un peu comme si j'étais l'auteur du tableau ; car tout individu se sent à ce point concerné par les splendeurs naturelles qu'il lui semble avoir participé à l'œuvre du Créateur.

— Arrête-toi, poulet ! m'enjoint mon pote.

— Tu veux descendre pour te rincer l'œil ?

— Non, pour regarder les trois bagnoles. On peut les suivre sur des kilomètres depuis ici. J'ai un regard de rapace, mon pote, toi t'es une taupe comparé à mon acuité visuelle.

— Acuité visuelle, reprends-je, tu as du vocabulaire, monsieur Blanc, comment se fait-il que tu ne le produises pas plus volontiers ?

— Parce que je suis balayeur, mon vieux ; t'as de ces questions connes, toi alors ! On voit que t'es flic ! Si je disais à mon chef de la voirie qu'un dénonciateur de voleur de figues s'appelle un sycophante, il prendrait peur et me saquerait. Les cons font un sacré barrage, mon vieux ! Faut se tenir à carreau, avec eux !

Il descend sur le talus et se dresse, un coude appuyé contre la portière ouverte. Je quitte à mon tour la tire. Béru que l'arrêt arrache à ses rêves, demande d'un ton grumeleux :

— C'est là qu'on pisse ?

Personne ne lui répondant, il s'extrait de la guinde, puis extrait de ses guenilles une chopine de trois livres et va écrire le nom composé de son rejeton dans la poussière de la route. Il lui reste assez d'encre pour qu'il ajoute son patronyme et sa date de naissance. Deux bières de plus et nous avions droit à l'adresse.

— Tu les vois ? me demande Jérémie en pointant son index jaune pâle dessous et noir anthracite dessus vers un point de la côte proche.

— Non, avoué-je.

— Tu aperçois cette grande maison de pierres grises au bord de cette espèce de grande prairie ?

— Oui.

— C'est probablement là qu'ils vont. Surveille le petit chemin qui y mène ; il y a un pont en dos d'âne un peu avant, tu le distingues, j'espère ?

— Parfaitement.

— Dans quelques instants, ils vont le franchir, pour le moment ils sont à demi masqués par des haies. Top ! Ça y est !

— Oh ! oui, en effet.

Bérurier, qui vient de remmailloter coquette dans un slip en charpie, s'avance, la lèvre lippeuse.

— Tu comptes quoi faire, baron ? me demande-t-il. T'annoncer pour une partie de campagne ?

Sa question exige une réponse et la nécessité de trouver cette dernière m'accule au génie.

— Non, mon pote, pas d'entrée de jeu. Pour commencer on retourne à Galway.

— Quoi fiche ?

— S'acheter du matériel de camping. J'ai toujours rêvé de te voir en short, à faire chauffer une boîte de corned-beef devant un feu de brindilles.

M. Blanc murmure :

— C'est ces campeurs sauvages, sur la lande, là-bas, qui t'inspirent ?

— Une fois de plus vous avez mis dans le mille, inspecteur Blanc.

Et en suce, évidemment, j'ai empletté une paire de jumelles. Nous dressons notre tente à une centaine de mètres de celle des gens qui se trouvent déjà là : un couple de Hollandais qu'accompagne leur maman (et leur belle-mère, donc !). Eux, ils sont outillés pro, faut voir. Qu'à première vue, tu crois que c'est Bouglione qui a planté ici son chapiteau. Tout confort : salle d'eau, cagoinsses, ping-pong, bateau, réfrigérateur, télé à accus, transats pour la sieste. Traîner tout ce barda depuis les Pays-Bas, pardon, faut de la santé ! Et, quelque part, se croire immortel, il me semble. Moi qui ai toujours l'impression de crouler sous les bagages lorsque j'emporte un slip de rechange, mon rasoir et ma brosse à chailles ! T'as des mecs, ceux du Nord, toujours, qui ont l'esprit d'invasion. Avec eux, l'intendance ne suit pas : elle escorte. C'est la Berezina s'ils n'ont pas des glaçons pour leur vouiski et des bouilloires pour leur thé, cette saloperie ! Des photos encadrées, des gants de caoutchouc pour éplucher les *potatoes*, tout Beethoven : ses trente-deux sonates pour piano, ses dix-sept quatuors, ses neufs symphonies et *Fidelio*, son opéra, pas qu'il manque une seule note du sourdingue sinon leur vie s'arrêterait. Tu remarqueras, ça les prend au-dessus de la vaillante Belgique : les Bataves, les Danois, Suédois, Allemands, Norvégiens. L'esprit escarguinche, quoi ! Ils embarquent tout, y compris leur papier hygiénique coutumier, pas se perturber le trouduc, qu'il serait tout désemparé, le pauvret, torché à la feuille de nénuphar ou au *Sunday Telegraf*.

Alors bon, parfait, on bivouaque près des Zolandais ; de la sorte, on attirera moins l'attention des gonziers que nous surveillons. Je suis allé leur demander par correction s'ils voyaient une objection à ce qu'on fasse lande commune, eux et nous. Gentiment, le pâlot aux sourcils de goret m'a répondu que faites-donc-la-terre-est-à-tout-le-monde.

On a eu de la chance d'avoir Jérémie, question montage de notre gentilhommière de toile, biscotte quand tu n'as pas le coup de main, ça t'entartre vachement les méninges de lire le mode d'emploi. Lui, il a travaillé pour une équipe de cinéastes ricains, au Sénégal, et il serait fichu de te reconstituer le Camp du Drap d'Or en moins de jouge, l'apôtre.

Alors bon, notre petite vie s'organise au bord du ruisseau murmureur qui te donne l'impression de camper dans une poétrie à la con d'Albert Samain.

Nos voisins sont charmants. Le couple sportif en plein ! Toujours à galoper en survêtes, ou à ramer comme des galériens à bord de leur esquif. La dame est une grande blonde mince, appétissante, de pas trente balais. Elle porte un short en jean tellement court qu'on lui voit la chatte quand elle enjambe le ruisseau, plus un soutien-loloches qui n'est là que pour mémoire.

Je me dis qu'il serait assez comblant de lui raconter le Petit Chaperon Rouge en version française non expurgée.

Béru, quant à lui, toujours modeste dans ses ambitions, a déjà jeté son énorme dévolu d'un kilo et demi sur la mammy. Tu verrais la manière qu'il la chambre, Gertrude ! La galanterie françouaise à bout portant : s'empressant de lui coltiner son seau d'eau, allant vider sa fosse septique, une pâquerette entre les dents, l'invitant à écluser une boutanche de Claret avec lui pendant qu'elle fourbit l'argenterie. Elle a dans les 55 saucisses, Mme Van Danger. Deux doudounes surgonflées, et un cul qui ballotte dange-

reusement quand elle marche, comme une bonbonne mal arrimée sur un porte-bagages de vélo.
Son short, légèrement plus long que celui de sa bru,
permet d'admirer une cascade de bourrelets qui lui
dégouline le long des jambes comme la cire d'une
bougie. Et je te parle pas de ses plaies variqueuses,
qu'à quoi bon te couper l'appétit, tu peux me dire ?

Nous passons quarante-huit plombes dans cet
éden irlandais, à surveiller les allées et venues de la
grande demeure. Jérémie, toujours lui, nous a
dégauchi un poste d'observation idéal en la personne
(dirait Béru) d'un vieux saule planté au bord d'une
zone marécageuse. Cet arbre a le ventre plus creux
que celui d'un Ethiopien. On se coule à l'intérieur,
on se hisse d'un mètre et là, par un créneau pratiqué
dans le feuillage, on est en prise directe avec la
maison. Ils y sont arrivés à six, avec trois voitures.
Les tires sont bien rangées sous un hangar. Quant
aux locataires, on les voit se baguenauder dans les
environs. Certains vont à la ville faire des courses (je
les ai suivis), d'autres jouent au tennis derrière la
demeure.

Selon mon estimation, un couple de vieux servi-
teurs s'occupe de la maison.

C'est au soir du second jour que le traczir m'empare. Je me dis qu'on va pas campigner jusqu'à la
Saint-Mécouille, à étudier la vie et les mœurs d'un
trio batave, merde ! Ou à mater six personnages en
quête de hauteur dans une maison de granit bâtie
pour tourner un *riméque* des *Hauts de Hurlevent*.

Mon tempérament de feu s'accommode mal de ce
farniente champêtre. La sédentarité, c'est le début
de l'ankylose, n'oublie jamais ça, petit gars ! Certes,
pierre qui roule n'amasse pas mousse, mais dis-toi
que la mousse fait partie des prémices de la mort.
Elle est le capiton naturel de ce qui s'engloutit.

Alors, si tu permets : pas de mousse pour San-A. Y compris dans son demi pression.

Le cher M. Blanc a la faculté de pouvoir rester immobile, les mains sous la nuque, des heures à regarder le ciel que traversent des oiseaux de mer au vol pâteux. Peut-être qu'il rêvasse, et peut-être qu'il léthargise seulement. Reconstitue ses cellules par cette prostration doucereuse. Je suis tenté de lui poser la question, mais sa méditation, qu'elle soit feinte ou réelle, m'intimide.

Or, donc, au soir du deuxième jour, disé-je, à l'heure où le mont fuit sous l'ombre qui le gagne, ma détermination naît. Je suis ovipare de l'esprit. Mon cerveau pond des pensées protégées par une sorte de coquille qu'il faut briser. L'œuf était déjà là. Il convenait de le chauffer pour qu'éclose son contenu.

On attaque la sixième boîte de petits haricots rouges *con carne, with chili sauce* qu'un importateur irlandais a dû acheter au rabais — et donc par énormes quantités — à un marchand de conserves brésilien, quand le foutre me fraque, le tric me traque et le fric me froque.

Ça me biche à la seconde bouchée de ce mets délicieux au goût de ferraille qui nous vaut chaque soir, sous la tente, un admirable solo de pets du maestro Alexandre-Benoît Bérurier (1).

— Je crie pouce ! fais-je soudain.

— T'aimes plus les fayots ? s'inquiète le souverain porcif.

— Ce que je n'aime plus, c'est cette attente stérile. Je préfère me convertir à l'astronomie et

___

(1) Cette notation pour montrer aux esprits délicats combien m'importent leurs critiques. Tu ne peux absolument rien contre un mec qui t'emmerde. Ah ! l'indifférence, quelle cuirasse !

guetter au télescope géant le prochain passage de la comète de Halley.

— Et tu voudras faire quoi t'est-ce ? Ils sont au moins huit dans la turne ?

— Ils n'ont pas de clébart. J'ai envie d'aller explorer les abords de leur crèche, cette nuit.

— Et si tu te fais gauler ?

— Je me ferai gauler ! fatalisé-je.

M. Blanc consomme sa pitance avec appétit. Il achève sa clape en cours et déclare :

— J'irai, moi !

Le ton est péremptoire, ce qui m'atteint quelque part dans les glandes vaniteuses. Non mais, pour qui se prend-il, mon nouveau pote ?

— Ah ! oui, et en quel honneur ? m'emporté-je.

Il ricane :

— Y a un proverbe français qui dit « La nuit tous les chats sont gris ». Moi, j'ajouterai « Et tous les nègres sont noirs ». Ce soir, messieurs les poulets, c'est « nuit sans lune ». Jérémie en maillot de bain noir, tu parles d'un camaïeu !

Il rit.

Blanc, il me botte de plus en plus, ce phénomène. Je sens qu'il me devient indispensable. Avec lui, il se passe quelque chose. C'est un vrai bonhomme, tu comprends ? Avec de la jugeote et des burnes grosses comme les noix de coco de son jardin. En plus, une gentillesse bourrue qui n'annoncera jamais sa couleur tant elle s'entoure de pudeur.

— Banco, accepté-je, tu iras retapisser la bicoque. Contente-toi d'explorer les alentours ; pas d'effraction surtout !

— T'espères quoi de cette visite ? bougonne le Mastar, jaloux de la confiance que j'accorde au noirpiot.

— Si je le savais, elle serait sans objet, Ducon.

Il rentre sa tronche gorette dans ses monstrueuses épaules de disloqueur de pianos à queue ; bâfre comme un chien errant qui vient de dégauchir la gamzoule de ton médor.

En prime, nous avons droit à plusieurs rots de belle augure qui nous donnent à penser que la nuit sera rude. Comme Beckett, on attendait Godot et on a eu Mauroy.

Sa Majesté se dresse, repuse.

— J' vas dire un p'tit bonsoir aux z'Hollandais, prévient-il, j' commence à avoir les amygdales du dessous engorgées ! Si la maman est partante pour une prom'nade aux étoiles, elle aurait droit à un' p'tite cosaquerie de gala, du temps qu' vous jouez aux cove-bois, les deux !

J'escorte M. Blanc jusqu'à l'entrée de la propriété.

— Fais gaffe à tes os, lui dis-je en prenant momentanément congé de lui. Pense à Ramadé et à tes chiares !

— *Yes,* mon révérend ! grommelle-t-il. Vous autres, avec vos sensibleries bidon, vous me les brisez et pas qu'un peu ! Votre côté : « Va à la guerre, mais prends pas froid », vous craignez pas la honte !

Il se fond dans l'obscurité, me laissant tout mou du bulbe, déconcerté à en avoir le tournis.

Quelque part, dans les genêts de la lande, une mélopée retentit, en néerlandais. C'est mémère Van Danger qui s'abandonne aux entreprises bérurières. Ça ressemble au cri de la macreuse boréale lorsqu'elle appelle le mâle.

Dieu que le con du sort est triste au fond du boa, comme l'écrivait Vigny ou un glandeur de ce genre. Je regagne notre tente, accablé. Vois l'ironie des choses, j'ai besoin d'agir, et ce sont les autres qui se démènent. M. Blanc enquête, Bérurier brosse... Et moi, tout seul dans ma tête, de rentrer la queue basse au logis.

Mais, qu'est-ce à dire ! Holà, gens du guet, qui passe ici si tard ? (peut s'écrire également cithare). Quelqu'un se trouve dans notre tente.

Je devine une silhouette, perçois une respiration.

— Hello ! chuchote une voix.

La Hollandaise d'à côté. La grande blonde au short *very short*.

Elle me cause en allemand, patois que je comprends et parle sans plaisir, et seulement dans les cas d'exception.

— Bonsoir, je flaoute en m'agenouillant. Quel bon vent, chère ravissante voisine ?

— Je ne pouvais pas dormir, dit la pauvrette, et je m'ennuyais. *Mutter* est allée faire une promenade avec votre ami très gros.

— Et votre époux ?

— Il dort !

Je perçois un léger mépris dans la réponse.

Mes mains se tendent. Elle n'est vêtue que d'une veste pyjameuse et d'un slip qui n'empêcherait jamais une nouvelle invasion allemande. Quel cadeau du ciel ! Comme Dieu est bon d'avoir créé la femme salope ! Si elle ne l'était pas, elle ne serait que chiante, et l'homme qui n'est qu'égoïste se morfondrait.

Harmonie ! Harmonie universelle, je te salue !

Viens, ma toute belle, viens ma Batave, ma Frisonne, ma Saxonne, ma Lotharingienne, ma Mérovingienne, viens, chère et belle Hollandaise, viens ma pays-bassesse. Confie-moi tes polders, ton Zuyderzee et tout le reste qui sait si bien transformer en bonheur ardent le plus morne quotidien.

Vive la maison d'Orange ! Aux chiottes Philippe II ! Espagnole, ça ? Plus jamais ! Oh ! Seigneur, des seins pareils, aussi fermes, pour un mari aussi con avec des cils et des sourcils porcins, (je te l'ai déjà signalé au pesage). Un ventre à ce point dur, d'une platitude toute néerlandaise. Des cuisses tellement somptueuses ! Mais j'en rêvais, moi ! Mais j'en meurs ! Laisse passer l'homme, Frida ! Sa main experte écrit déjà la préface de la félicité à venir. Cette toison d'or, Frida, comme elle est douce ! Et ce volume délicat, bien ourlé, tranché à souhait ! Tiens, ma Meuse ! Avec mon Rhin je payerai mon Escaut ! Foin de tes dunes, permets que je t'irrigue, toi dont le niveau se situe au-dessous de celui de la mère.

T'aimes comme ça ? C'est *gut* ? C'est *good* ? C'est bon ? Voire bonnard ? Merci. Oui, oui, bien sûr qu'encore, ma grande : on commence ! Mais tu ne devrais pas gueuler si fort, mon ange, surtout pas en néerlandais, ça pourrait réveiller ton vieux ! Comment ? Quand il dort, il dort ? Et que pourrait-il faire d'autre, ce cher homme, cocu au point que voilà. Tiens, chope ! Je t'embarque, hein ? C'est la grande féerie ! Attends, je vais t'en mettre un petit coup dans l'anneau de Saturne, ma très jolie. Retourne-toi, ravissant monstre. Oui, tu as compris la posture idéale. Comme si tu implorais le prophète, ma gosse. Exactement ! Bravo, merci ! On relève un brin son machin de basse-fosse ! Voilà ! Top, chronomètre ! Qu'en penses-tu, blondinette ? Pas dégueu, hein ? Ou alors si, mais en plein. Jusqu'à l'extase ! Bien entendu que j'y vais doucement. Tu me prends pour qui est-ce ? Une brute ? La brute, entends-la dans les halliers d'edern (mais tous les ederns ne sont pas à lier !). Tu perçois son monstrueux halètement, à la bête immonde ? Auquel répondent les glapissements migrateurs de ta belle-doche vergée de première ! C'est beau, l'Irlande, pas vrai, ma loute ? Tu reviendras y moissonner des pafs au clair de lune (aujourd'hui c'est sans lune, mais la tienne suffit !). C'est autre chose que tes pyramides de frometons à la con, que ta porcelaine de Delft, que des Van Gogh pour calendrier. Ah ! non, pleure pas ; fût-ce de bonheur ! Roucoule, oui, c'est cela.

Mais que se passe-t-il ?

Qui me frappe sur l'épaule ? Qui se permet de troubler un tel moment de plénitude ? J'interromps le va-et-vient, si tu permets, juste histoire de me retourner, une seconde ! *Sky !* Ton *husband !* (1). Qu'est-ce que tu me chambrais avec son sommeil à tout casser ? Quand il dort, il dort peut-être ; mais quand il ne dort plus ? Tu veux que je te dise ce qu'il fait, quand il ne dort plus, l'ami Klaus ? Eh bien, il cherche sa gonzesse, tout sottement. D'ailleurs il cause, tel que le voilà ; ce qu'il dit ?

— Excusez-moi, messieurs, de vous interrompre, je ne trouve plus ma mère ni ma femme !

T'entends ce que je viens de bonnir, petite sabrée ? Excusez-moi « MESSIEURS ». Cézigue croit que c'est un de mes potes que je suis en train (c'est le mot) d'astiquer ! Non mais, il me prend pour qui, ton falot, Frida ?

Quoi ? Ne pas le détromper ? Tu penses que c'est mieux de laisser s'établir la confusion ? D'ac. Alors moi, je balance à l'endive moustacheuse :

— Si vous m'accordez encore quelques minutes, je vous aiderai à les chercher !

Et tu crois qu'il se retire, l'indiscret ? Penses-tu ! Un vicecloque ! Il voudrait faire joujou, lui aussi. Tâter du gourdin à son tour ! Partant à bloc pour la

_____

(1) Je te conseille vivement la lecture du *book* portant ce titre.

fiesta romaine, ce salingue! Même qu'il se permet des prévôtés, comme dit Bérurier. Hé! mollo! Pas de ça, Lisette! Je vais l'aligner, moi, ce branque! Pour commencer, je lui virgule une ruade. Pof! Dans les joyeuses! Il se débine en bramant, va se recompter les noix à l'air libre.

La môme, toute terrorisée, se crispe, ce qui n'en est que mieux! J'ai l'impression de tringler une clé à molette. T'inquiète pas, gamine, je vais pas te laisser en rideau! Quand je prends une stoppeuse à bord de ma braguette, je l'emmène à destination. Allez, où en étions-nous? *Le velouté chinois,* tu crois? C'était pas *la galanterie cosaque?* Bon, eh bien va pour le velouté! Mais maintenant tu me chantes plus l'hymne à la vie, surtout! Sinon y aurait de la casse avec Prosper; ses plombages risqueraient de disjoncter en cours d'explication. Je te demande juste ça : le silence! Opération chatte ouverte bouche cousue. Banco!

Par mesure de sécurité, j'applique ma main sur sa bouche au moment que je juge suprême. Faut penser à tout quand on veut vraiment se montrer à la hauteur. Et même, t'en oublies parfois. Le check-list est pas fastoche à respecter à genoux dans l'obscurité. Un petit bécot sur la nuque, histoire de lui montrer que je ne lui tiens pas rancune de sa visite.

— Je vais entraîner ton connard loin d'ici, pendant ce temps tu rejoindras ta base, trésor.

Il est tout vaseux après mon coup de tatane, le Hollandais.

— Bon, fais-je, on va essayer de retrouver vos sorcières.

Je le biche par l'épaule. Le voilà qui réconforte.

— Je vous en signale déjà une par bâbord, exulté-je. C'est la *Mutter.* Elle paraît toute frétillante, probable que mon copain qui l'accompagne doit lui raconter des histoires belges...

— Et ma femme ? bêle l'endive.

— Ça va être dans un second temps...

On marche en direction de la grande demeure, et tout à coup, une ombre surgit de l'ombre, nuit de nuit, aurait écrit le père Hugo, tel que je connais ses marottes. Mon ami Jérémie.

Le mari de Frida se cabre en l'apercevant.

— Mais ! il exclame en allemand, ce qui est plus grave !

— Pardon ? j'angélise.

— Mais ! Si vos deux amis sont là... C'est qui dans votre tente ?

Il prend ses jambes à mon coup et fonce vers notre bivouac. En ressort pour droper jusqu'au sien. Je perçois une véhémente altercation. Les deux époux sortent pour pouvoir mieux gesticuler en s'invectivant. Ça barde, espère !

Et voilà la Frida qui balance une mornifle à son julot, une bathouze, bien claquante ! Elle tolère pas les inqualifiables soupçons des époux, une femme comme elle, dis faut pas chier dans les bégonias.

Moi, franchement, je ne peux pas lui donner tort. Elle a sa dignité, non ?

Une fois dans notre palace, on allume la loupiote. Béru s'étrille le râtelier encombré de poils de cul.

— Belle aubaine que cette personne, nous révèle-t-il, mais Dieu de Dieu, j'avais la sensation de bouffer un matelas de crin.

Ce qu'il y a de pratique avec les fausses ratiches, c'est que tu peux te briquer le damier à tête reposée, sans avoir à se décrocher la mâchoire non plus qu'à te contorsionner devant une glace.

Le Gros, très allumé par ses récentes prouesses, tient à en assurer le reportage intégral.

— Les rombières du Nord, déclare-t-il, c't' à s'demander si on perd pas not' temps à vouloir leur fignoler des séances ravageuses ; j'ai r'marqué qu'en définitif, y a vraiment qu' l' coup de tringle qui les intéresse. Les agaceries, ça leur chatouille plutôt et é s' marrent comme des pastèques entamées, ces vieux trumeaux. La minouche chantée, le *finger* dans l'œil de bronze, le piston dans les nichemars, c'est peine perdue. C'qu'é veuillent, c'est du paf ; la bonne emplâtrée des familles ! Leurs vieux crabes les ont dressées ainsi et tu peux pas r'venir cont' l'ataviste.

Il achève de désherber son jeu de dominos, le fourbit contre son coude, ce qui est sa manière de se brosser les dents, et replace son concasseur sur sa rampe de lancement.

Moi, je guigne en loucedé M. Blanc. Il est fait pour la Rousse, Jérémie. Je retrouve en lui cette jubilation secrète, réfrénée, qui est la mienne parfois lorsque j'ai découvert des choses bandantes et que je retarde l'instant de les annoncer. Un vice.

Le Mammouth ayant enfin achevé ses simagrées, je me tourne vers mon sombre copain.

— Alors, grand, cette balade nocturne ?

— Intéressante.

— Tu t'affales, ou tu nous l'écriras pendant tes prochaines vacances au Sénégal ?

Il se marre.

— Je m'attendais pas à trouver ce que j'ai trouvé, mon vieux.

— C'est ça, le pied, dans notre job, tu piges ? Tu poses une ligne de fond à brochet et t'attrapes un espadon.

Il redevient sérieux et opine.

— Ouais, mon vieux, ça m'ouvre des horizons. Je

crois que c'est plus mouillant comme job que balayeur. Piloter des étrons et des Tampax usagés jusqu'au caniveau, ça grise moins que de dénicher des choses que tu ne soupçonnais pas.

Bérurier, que mon intérêt pour Jérémie ulcère, grogne :

— Slave étant dit, apprends à esposer les faits d'un ton suce sein, mon pote ! Causer par zébus, ça te pompe vite l'air et ça perd du temps. Quand t'as le feu à ta crèche, tu compostes pas un pouème pour réciter aux pompiers, si ?

— Ecoute-moi ce furoncle, mon vieux ! ricane M. Blanc. Il est jaloux. Je savais que les poulets se tiraient la bourre, mais jalminces à ce point, j'en reviens pas !

Béru lui répond par un pet d'une violence inouïe qui fait sauter l'un des piquets de la tente.

— La voix de son âme ! plaisante Jérémie.

Néanmoins, il juge qu'il m'a fait suffisamment languir comme cela et expose :

— Bon, y a la grande baraque de pierres. Sur la droite, face à nous, tu as un hangar pour les bagnoles, O.K. ?

— Je sais.

— Derrière le hangar, tu as dû remarquer une sorte de petite cahute carrée, de trois mètres sur trois, au toit d'ardoise, avec une girouette sur le sommet ?

— En effet.

— Je ne sais pas pourquoi, j'ai eu l'idée d'y pénétrer.

— Moi, je sais. Cela s'appelle le flair, Noirpiot. On a des curiosités inexplicables, des impulsions. Alors, donc, tu y es entré ? Qu'as-tu trouvé à l'intérieur ?

— Rien.

— Mais encore ?

— C'est absolument vide.

— Et c'est ça ta grande trouvaille, Mâchuré ? pouffe le Patapaf. Il a trouvé du vide, Césarin ! C'est Chère-loque-omelette, en personne, cézigus pâteux !

Regard flétrisseur de Jérémie. Il murmure :

— Ça fait combien de siècles que tu supportes ce gros moulin à connerie, vieux ? Tu agis par esprit de mortification ou pour t'en servir de repoussoir, dis-moi ?

— Sors dehors, que j' te rent' dedans ! aboie le Furax, chauffé au rouge. J' te préviens, Tonio, tu prendrerais ce nègre dans not' équipe, qu'aussi sec j' demande le divorce, toi et moi.

— Donne-lui sa pâtée qu'il ferme sa gueule ! jette M. Blanc. Ou alors tente de lui expliquer, si tu parles son langage, que le nègre, ici, c'est lui.

M'est avis que les rapports risquent d'être tendus et ces messieurs continuent de se regarder en chien de ma chienne de faïence.

— Bon, soupiré-je, termine ton histoire, monsieur Blanc, et ensuite vous irez vous flanquer une toise, je pense que c'est la seule manière d'en finir avec votre stupide antagonisme.

— J'allais ressortir de ce petit pavillon, poursuit Jérémie, lorsque j'ai constaté que ça sonnait le creux quand je foulais le plancher. L'ayant examiné à l'aide de ma lampe électrique, j'ai vu qu'il se composait d'une double trappe. J'ai soulevé l'un des panneaux, un escalier de fer est alors apparu. J'ai soulevé la seconde partie de la trappe afin de pouvoir descendre. C'était vachement profond. Un vrai puits sans fin. J'ai mis au moins dix minutes pour arriver en bas ; quant aux marches, à la tienne ! Presque une échelle. Elles sont étroites, humides, glissantes, faut se cramponner ferme à la rampe.

Une fois en bas, j'ai constaté qu'on arrivait dans de la flotte. Attends, donne un papier et un crayon, tu vas mieux piger, poulet !

Ayant obtenu satisfaction, il trace à gros traits un topo de sa découverte. Il se révèle que le puits à l'escalier débouche dans un tunnel envahi par la mer à marée haute. D'un côté, il descend vers le large, de l'autre, il va en pente ascendante jusqu'à une sorte de grotte naturelle que la mer, même à marée haute, ne peut inonder. Elle coupe seulement l'accès. De plus, à l'entrée de ladite grotte, il y a une grille en fer.

Jérémie n'a pu aller jusqu'à elle, le niveau de l'eau le lui interdisant. Toutefois, il a pu constater deux choses : une chaîne cadenassée maintient la grille fermée, et des hommes sont prisonniers de la grotte. Il les a entendus se parler. Quand ils ont distingué la lumière de sa lampe électrique, ils se sont tus, comme s'ils avaient peur.

— Tu les as hélés ?

— Non, j'ai préféré venir au rapport, vieux, sans m'être autrement manifesté, peur de faire une connerie en leur parlant, tu piges ?

— Bravo ! Ton examen de passage est concluant. Et ensuite, qu'as-tu fait ?

— Je me suis rapatrié après avoir remis les panneaux de la trappe en place.

— Parfait. Cela s'appelle un sans-faute, mon drôlet.

Il hoche la tête.

— Et toi, pendant ce temps, tu t'es tiré la Hollandaise, hein ?

— Quelle idée ?

— Voilà sa pince à cheveux, sans parler de son vieux qui renaudait comme un follingue. Ce que

vous êtes gorets, Seigneur, tous les deux ! Mais y a
donc que votre putain de biroute qui compte ?

— Y a ça en feurste, admet Bérurier, ensuite y a
nos couilles, mon pote. Et comme tu me les casses,
je vais te cirer la gueule un bon coup pour t'apprendre à viv'.

LES FAUVES

Fallait que ça arrive, que veux-tu.

Ils me rappellent les garnements qui se cherchent et finissent par se trouver. Je me rappelle avec mon cousin Dédé. Quand nos parents passaient le véquende ensemble. Le samedi matin, ça boumait fort, les deux, tant on était contents de se retrouver. On jouait à des trucs, on se montrait notre bite. Comme j'avais la plus grosse, il commençait à faire la gueule, Dédé. Ça le défrisait son gnocchi bigornard avec plein de peau au bout qu'en finissait pas, comparé à mon bath joufflu épanoui, pimpant de partout et casqué fallait voir, style armée suisse. Ça le plongeait dans des maussaderies, des aigreurs, des jalousies torves. Il commençait par me chipoter sur les résultats scolaires, l'apôtre, ses dictées se révélant hautement plus performantes que les miennes ! On s'engageait doucettement sur la pente des perfidies. La bougrerie nous emparait. Les méchancetés suivaient. Y avait des turbulences dans nos rapports. Il me faisait chier avec son quart de faute en dictée, alors que je me payais des dix douze fautes à la demi-page ! Les accords participeux, tu peux me dire ce que j'en avais à foutre, l'aminche ? N'empêche que, tout compte fait, je préférais déballer un beau

paf opérationnel. Je pressentais qu'il me serait plus
utile que l'orthographe, un jour, sans d'ailleurs trop
comprendre pourquoi. Avec un dico et une gram-
maire, tu t'en sors vaille que vaille, mais un bistou-
gnet fripé, ça, c'est irrémédiable. Alors le ton
montait. Sentant accourir les orages, nos ancêtres
nous prévenaient que « jeux de mains, jeux de
vilains » et que ça allait mal tourner. On renfrognait.
On passait outre. Et puis la première mandale
partait au débotté, en cours de phrase : vlan ! On se
mettait à pugilater mochement, tronche et ongles,
coups de genou, roulades, prises sauvages. Le
combat des chefs, ça oui ! L'empoignade féroce. On
voyait pourpre, on était asphyxiés par les haïssures.

Eh bien, le Gros et M. Blanc, c'est kif mon cousin
Dédé et ma pomme, jadis. Leur tagonisme se
consume depuis trop longtemps sans que mon autorité parvienne à éteindre la mèche. A force de
ramper, de filocher son cordon bickford, la flamme
arrive aux bâtons de dynamite et — merci M. Nobel
—, tout saute.

Tu peux croire qu'ils s'en mettent une sévère dans
les pénombres, mes loustics. C'est Jérémie qui place
une série de une-deux à la face du Gros, celui-ci
ayant donné le signal en le traitant de fils de pute
négresse, dûment enculée par les singes de la forêt
vierge, et, de surcroît ou par conséquence directe,
vérolée jusqu'aux paupières. Outre le punch, il
possède un brin de technique, mon bronzé. Ses
coups parviennent à destination et font mal. Déconcerté, Sa Majesté Bérurière titube, trébuche. Le
râtelier qu'il a eu tant de mal à dépoildecuter voltige
dans la bruyère en fleur pour s'y refaire une santé.

Le nez pissant le sang, le groin éclaté, Alexandre-
Benoît glapatouille :

— Non mais, qu'est-ce y croit, c' macaque !

Qu'est-ce y croit, bordel ! Non mais y croive qu'y m'
fait mal, ce chien-pansé ! Y croive p'têt' m' fout
k.-o ! Non mais, v' savez qu'y m' fait pleurer les
fesses, c' t'ouistiti !

N'empêche que ça s'abat sur lui comme l'orage sur
une pagode. C'est dru, nourri, violent ! La mousson
à son paroxysme, je te cache pas.

Et ça dure. Et puis Bérurier-Popeye songe qu'il
est temps d'enflouer ses spinaches. Le voilà qui
pousse son barrissement sinistre d'éléphant venant
de se faire coincer la trompe dans une portière de
camion. Comme chaque fois, il charge. Chez lui, la
tronche ne sert pas à penser, mais à bouter.
M. Blanc, qui ne s'attendait pas à cette fougue de
bulldozer dopé, découille l'occiput monumental du
Mastar dans le burlingue. « Respiration interrom-
pue, stop ! Prière envoyer oxygène, stop ! Bons
baisers aux enfants, stop. Lettre suit. »

Irrésistible, l'emboutissage du Gros. Jérémie est
balayé et part les quatre fers en arrière. Béru lui
ajuste un coup de saton sous le maxillaire. On
entend craquer. Aveuglé par la rage et la souffrance,
Jérémie se relève. Mon pachyderme lui place aussitôt un crochet au foie, puis un nouveau coup de
boule en plein portrait. Il a dû sauter pour réussir
l'impact, le Noir étant plus grand que lui. Le combat
cesse par le k.-o de M. Blanc.

Alexandre-Benoît se tourne vers moi, tuméfié et
haletant :

— Non, qu'est-ce y croivait, ce niaquouet,
hmmm ? Antoine, j'aim'rais qu' tu m' le disas ? Y s'
figurait quoi t'est-ce ?

Puis, calmé par sa victoire, il se penche sur le
vaincu.

— Allez, tope là, Noirpiot ! J'espère qu' j' t'ai pas
fait mal. Ça, c't'était juste un' p'tite facécie d'

copains. Un jour, j'aurai p't' ête l'occase de t'
montrer c' que c'est qu'une vraie trivaste ; mais sur
un' aut', qu'autrement sinon, tu risqu'rais d' m'en
garder rancune !

Très tôt, le lendemain, je me rends à Galway,
pendant que les deux puncheurs se remettent du
combat de géants qu'ils se sont livré cette nuit.
Quelques emplettes à faire. Ça ne me prend pas plus
d'une plombe aller-retour.

Rentré sur nos terres, je vais rendre visite à mes
voisins bataves. Ils petit déjeunent dans un silence
crispé. Le mulot-blafard-à-petites-moustaches fait
de la délectation morose en remâchant les coups de
rapière que ces dames s' sont offerts la nuit passée.

Sa rombière et sa *mother* qui montent à la tringle
en même temps, pendant qu'il roupille, non, décidément, ça lui reste sur l'estomac et il déguste mal ses
saucisses frites.

Je distribue des saluts et des sourires à la ronde,
faisant l'innocent, ce qui est dans ma nature profonde. T'as des mecs qu'ont jamais rien chiqué de
mal et qui traînent une mentalité de coupable, et
d'autres qui ont eux des maux avec leurs semblables
et se sentent néanmoins blancs comme Blanche-
Neige. Note que j'ai toutes les raisons du monde
d'avoir bonne conscience, me semble-t-il ; j'espère
que mon Créateur partagera ce point de vue au
jugement dernier.

— Cher voisin, dis-je, verriez-vous un inconvé-
nient de force majeure à ce que j'emprunte votre
bateau pneumatique ? Je m'occupe de géologie et je
voudrais pouvoir étudier la roche primaire de la
falaise d'un peu plus près. Or, il n'est possible d'y
accéder que par la mer.

— Je regrette, nous devons aller à la pêche, rebuffe ce vilain.

— Mais non, pas ce matin ! intervient sa blonde (qui devient la mienne quand il dort). Vous pouvez le prendre.

La voilà qui se met à néerlander après son rat blanc, comme quoi ceci, cela, je ne pige que le sens général, mais elle le déguise en carpette, le cocu. Lui fait honte de sa grincherie, sa mauvaise voisinerie. Qu'est-ce que la France va penser des Pays-Bas, elle lui demande à ce pauvre con ! Un zob de sous-préfet japonais, merde ! Et ça viendrait refuser son barlu à un chibreur de ma classe ?

Bon, il fait amende honorable. Me dit que le barlu, voui, voui, tant que je veux, surtout pas la peine de me presser. Surtout, que je prenne la nourrice d'essence pour alimenter le petit moteur de 5 CV qui le propulse.

Je remercie chaudement, les invite à dîner ce soir dans notre campement. On leur mijotera un frichti Grand Siècle. Tout ça. Maintenant, à l'œuvre.

Mes deux compagnons ont le réveil douloureux. Ils sont tuméfiés de partout, éclatés, gonflés, déchirés. M. Blanc, avec sa peau de dauphin fait plus d'impression encore que le Gros. On contrôle mal ses ecchymoses dans tout ce noir. On perplexe à mort à propos de ses enflures ; y a des altérations suspectes de son hémoglobine ; des couleurs véneneuses à ses épanchements sous-cutanés. Quant à sa bouche, elle est devenue celle d'une négresse à plateau, mon vieux !

— Alors, les boxeurs forains ! leur lancé-je, la vie n'est pas trop sanguinolente, ce matin ?

Ils gémissent, se palpent, se constatent, puis réclament du café.

En l'éclusant face à face, ils se visionnent de leurs

yeux pochés. Ronchonnent pour commencer. Et les
voilà qui éclatent de rire.

— Pour une rouste, ça été une sacrée rouste,
hein ? demande Jérémie.

— J'ai cru qu' tu m'arrachais la tronche, mec,
admet Béru. T'es fort comme un truc, tézigue, dans
ton genre. Balaize, av'c d' la techenique ! Y n' t'
manque que ce moste qu' j' possède, moi : la vraie
rogne qui t' monte des burnes, mec. Quand c'est
qu'é m' biche, j' sus t'invincib', postiv'ment. Un
n'ouragan, tu l' contrôles pas. Faut qu'y passe, le
n'ouragan. Faut qu'y détruive. Lorsqu'y s' produit,
t'as plus qu'à foute l'nez dans le cul dans un ang'
de mur et attendre.

Il avale une gorgée de caoua et fait la grimace.

— J' sais pas où ces braves z'Irlandais font
pousser leur café, mais j' lu trouve un goût d' merde,
Sana. Passe-moi la boutanche de vouiski qu' j' le
requinque !

Je souscris à sa requête, après quoi, je leur expose
mon plan.

— Nous allons prendre le barlu pneumatique des
Hollandais et dénicher l'ouverture de la galerie.
Quand nous l'aurons découverte, nous la remonte-
rons jusqu'à la grille signalée par M. Blanc. J'ai
acheté une scie à métaux et des cisailles pour
neutraliser la chaîne qui la maintient fermée. Mon
objectif est de délivrer les hommes que Jérémie a
entendus parler et que, vraisemblablement, les habi-
tants de la grande maison retiennent prisonniers.

— Banco ! approuve Bérurier.

Je descends sa fougue en flamme.

— Pas toi, Gros. Tu vas rester en couverture pour
le cas où nous aurions turbin.

Alors là, il en pousse une pas belle, mon gros Sac
Tyrolien.

— Que je restasse à faire d' la pâtisserie, du temps que vous allez à la chicorne, les deux ? Non mais tu m' prends pour qui est-ce-t-il, l'artiss ?

— On serait dingues de foncer tout les trois bille en tête, Alexandre-Benoît ! Tu le sens bien. J'emmène M. Blanc parce qu'il connaît déjà les lieux et que toi, s'il y a un os, tu seras plus compétent et plus crédible que lui pour organiser une caravane de secours.

— Merci pour la crédibilité, gronde mon pote sombre. Veux-tu dire qu'un sale branque de nègre...

— Meeeeeeeeeeeeeerde ! hurlé-je à m'en faire cracher le sang ! On ne va pas continuer de se foutre sur la gueule après chacune des phrases qu'on prononce ! C'est plus une vie, les gars ! Tu charognes, mon grand ! Tu nous pompes l'air et la bite avec tes complexes de melon ! Nous fais pas un opéra avec ta carrosserie bronzée ! Trempe-toi dans l'eau de Javel si t'as des nostalgies blafardes !

Ça mutisme dans les rangs.

Ayant ainsi rétabli ma souveraine autorité, je donne le signal des opérations.

Le littoral irlandais, côté Atlantique, les gens le croient pas (comme dit Béru) mais y a des phoques. Ils viennent se mettre la fourrure à sécher sur les rochers. P't' être que ce sont des otaries, note bien, ou alors des éléphants de mer. J'y connais que pouic et en plus je m'en branle, toujours est-il qu'il s'agit de pinnipèdes, quoi ! On va pas tourner un documentaire sur la question !

Ils poussent des cris en nous voyant embarquer sur le Zodiac du cornard, comme s'ils nous soupçonnaient de le voler. Je lance le petit moteur Johnson et nous voilà à tanguer sur les flots gris. Ça remue

vachement, crois-moi. Faut pas craindre la gerbe
pour naviguer sur cette capote anglaise.

— La marée en est où ? demande M. Blanc.

— Elle grimpe !

— Peut-être que l'entrée de la galerie est immer-
gée lorsqu'elle est haute ? D'après la topographie
que j'ai en tête, c'est même probable.

— Alors grouillons-nous !

Selon les repères que j'ai pris en tirant une ligne
droite de la maison à la côte, nous devrions trouver
l'entrée de cette foutue grotte à moins de cinq cents
mètres de notre point de départ. Vue depuis les
flots, la falaise est impressionnante, grandiose avec
sa découpe aiguë qui lui donne des allures de
cathédrale gothique. Elle nous surplombe à pic,
roide comme un mur d'un gris sombre terriblement
hostile. A la longer, on ressent de l'effroi. Il nous
semble qu'elle va s'abattre sur nous, d'un coup,
comme s'écroule un immeuble dûment miné. Moi,
quand j'assiste à ces destructions de gratte-ciel, je
suis terrifié. Ils ne « tombent » pas comme s'abat un
chêne malrauxien, mais s'anéantissent sur leurs
fondations. Ils meurent debout. Ils « disparaissent ».

— Là-bas ! me lance Jérémie, lequel se tient à
l'avant de l'embarcation.

Il me montre un grand orifice noir, aux lèvres
déchiquetées, percé dans la falaise et envahi par le
flot.

Combien de siècles, de millénaires a-t-il fallu pour
que l'eau force la roche, la fouille, la touille, la
fouaille, l'investisse ? Combien de temps pour prati-
quer ce tunnel naturel, avec des élargissements
imprévus, des rétrécissements, des espèces de
cavernes spacieuses ? Quand j'ai dit au cornard
batave que j'étais passionné par la géologie, je ne lui

mentais qu'à demi. Le sol me fascine. Il est ma maman, mon papa, il est moi. Je voudrais tout savoir de lui.

Nous nous présentons à l'orée de la grotte.

Selon mon estimation, il reste deux mètres d'air libre au-dessus de nos têtes. La marée risque-t-elle de monter encore beaucoup ? J'étudie son mouvement en tournant en rond devant l'entrée. Les repères sont malaisés à prendre car le flot est impétueux et se jette en force dans la brèche.

— T'as peur qu'on l'ait dans le prose si on entre, hein, vieux ? ricane M. Blanc.

— Il ferait pas bon se laisser coincer dans ce trou à rats. Tu nous imagines, collés au plafond comme deux bigorneaux dans notre petit barlu ?

Jérémie me montre ses dents blanches à travers les deux boudins sanglants qui lüi servent provisoirement de lèvres.

— Mes parents m'ont toujours dit que les Blancs étaient des pauvres cons, malgré leurs techniques et leur blabla, mais pauvres cons à ce point, mon vieux, jamais je serais venu en Europe si j'avais pu me douter.

— Qu'est-ce qui me vaut cet excès d'honneurs ou cette indignité, grand sorcier noir de mes fesses ?

— Regarde la falaise. A moins d'un mètre du niveau actuel, il y a des trous dans lesquels les oiseaux de mer ont fait leurs nids. Crois-tu qu'ils auraient choisi cet endroit s'il devait être immergé une fois par jour, eh, tête de nœud ?

— Monsieur Blanc, crié-je, afin de dominer le grondement des flots en flux, si un jour tu appartiens à la police, sois gentil : ne m'appelle plus « tête de nœud », du moins dans tes rapports.

Et je pique dans le gouffre.

Au bout de vingt mètres, je m'aperçois que ça ne va pas être de la sucrine ! Pour commencer, l'entrée est large, mais elle se transforme rapidement en une espèce d'entonnoir terminé par un goulet trop étroit de cinquante centimètres pour laisser passer notre Zodiac.

— Nous sommes marrons ! ronchonné-je.

Jérémie braque le faisceau du projo à batterie dont j'ai fait emplette, sur l'étranglement.

— Il ne mesure pas plus de trois mètres de long, annonce-t-il, ensuite ça redevient large comme les Champs-Elysées.

— Dans un sablier aussi, ça redevient large *après*, n'empêche que l'étranglement retient le sable !

— Il ne le retient pas : il le freine, rectifie M. Blanc. Nous, ce goulet nous freine, point à la ligne.

— Ah ! oui ?

— Oui, mec. On va retirer le moteur. Je le porte de l'autre côté à la nage. Je le dépose sur un point solide, ensuite je reviens et on dresse le bateau de profil. Le passage est étroit, mais, Dieu merci, il est haut !

— Tu ne serais pas génial, à ta façon ? je bée.

— Non, assure Jérémie, c'est toi qui es demeuré à la tienne !

Ah ! le cher garçon ! Mon nouveau venu ! Mon déjà indispensable ! Mon Vendredi pour qui je ne suis qu'un Robinson de pacotille ! Tu le verrais au labeur ! Cette force tranquille ! Et lui, c'est pas une rose qu'il coltine, mais un moteur. Tout en nageant, je te prie de remarquer ! Promptitude dans l'exécution ! Efficacité des gestes ! En moins d'un quart de plombe nous avons passé le Zodiac à travers le goulet. Je claque des dents car l'eau est glacée.

Jérémie s'en aperçoit et me frictionne les pieds énergiquement.

— Si tu as les pieds réchauffés, le reste suit ! assure le brave.

Vroa vraoum vroum ! fait le moteur remis en place.

Son bruit réverbéré par l'ampleur de la grotte nous emplit le crâne d'un vacarme délétère.

On se fait une bonne distance sur l'eau noire. Seule la trouée de notre projo, en nous précédant, maintient mon énergie. Derrière, l'obscurité a repris ses droits, comme on dit puis pour faire sérieux dans les romans pour jeunes filles encéphaliques. Vachement angoissant cette sombre déambulation dans les entrailles de la terre, porté par un Atlantique résiduel.

On est en plein Jules Verne ! Et soudain, enfer et damnation, comme s'écriait Faust. Tout cesse. Le chenal cesse dans une grotte plus vaste que les autres. C'est le bout de notre parcours. Fin de section !

— On s'est gourés de galerie, fais-je. On s'est enquillés comme des bleus dans la première venue alors qu'il fallait continuer d'explorer la falaise.

— Déconne pas toujours, flic, grince M. Blanc, tu finis par me limer les tympans.

— Et quoi donc, Bézuquet ? T'as des proposes hautement documentées à formuler ?

Il me braque le faisceau de la forte loupiote dans le portrait pour m'avoir pleins feux.

— Si des méninges comme les tiennes suffisent pour devenir commissaire, mon vieux, moi, avec les miens, je deviendrai préfet de police !

— J'attends la démonstration.

— Ecoute, mec. Si les gens de la grande baraque ont installé une espèce de prison souterraine dans le

chenal, c'est parce qu'ils étaient sûrs qu'aucun petit
téméraire trop curieux ne pouvait l'atteindre depuis
la mer. Sinon, ils auraient eu constamment froid aux
miches à l'idée que n'importe quel boy-scout pouvait
se pointer jusqu'à la grille. C'est ce qui me tarabus-
tait, moi.

— D'accord, mais ça change quoi à notre problo ?

— Ceci : l'eau continue sous la roche, mon vieux.
Et je peux même te montrer l'endroit.

Il dirige le projo vers un point de la paroi où l'eau
mousse.

— Là. Tu mates ?

— O.K., Sherlock, alors on l'a dans le prose !

— Pas dit. Y a des palmes et un masque dans le
caisson sous le siège. Je vais plonger pour aller me
renseigner.

— Je te l'interdis, grand ! J'ai pas envie que ta
Ramadé devienne veuve, ni d'avoir à m'occuper
d'une flopée de négrillons qui finiront au crayon
feutre mes aquarelles de Folon. Rentrons ! La nuit
prochaine, nous risquerons le coup, Béru et moi, en
empruntant le puits du pavillon, comme tu l'as fait.

Son rire répercuté par l'écho devient rire d'opéra,
tu sais, quand Méphisto fait l'S.

— Pauvre crâne mou ! Si tu crois que j'attends sur
toi pour élever ma progéniture ! Tu ne m'as jamais
vu plonger dans les tourbillons du fleuve Sénégal ! Je
foutais la chiasse aux poissons !

Tout en jactant, il s'équipe. Méthodiquement.
Choisit des palmes à sa pointure, puis un masque.

— Le projo est étanche, tu m'as dit ?

— Garanti.

— Alors, *ciao*, Blanc-de-blanc !

Et plouf ! Au jus, l'artiste ! Le bouillonnement
s'accroît, puis diminue. *Exit* M. Blanc !

J'ignore ce que tu en penses, et je m'en tamponne

le coquillard, mais moi, franchement, je trouve ce zig épatant. Non seulement il est d'une folle efficacité, mais il possède le style. Au fur et à mesure qu'il se laisse apprivoiser par moi, il révèle des qualités exceptionnelles.

Me voilà seulabre, perdu en mes pensées, en écoutant au fond de moi. La nuit est totale. Pas le plus léger point lumineux. Un instant la clarté du projo a miroité au ras de la roche, et maintenant c'est le noir. Te dirai-je qu'un traczir peu glorieux me biche ? Je me dis que si Jérémie ne revient pas, j'aurai un mal fou à m'évacuer de ces abysses sans lumière et chansonnette (je veux dire : sans son aide).

Quelle sotte entreprise ! On aurait dû opérer par la maison, seulement on se serait fait poirer. Ce qu'un Tarzan noir, agile comme un boa a fait, deux Blancs patauds l'auraient raté, car ils doivent être un pneu aux aguets dans la demeure granitique.

Je n'ose mesurer le temps. Chaque seconde est si longue dans cette obscurité sépulcrale !

Seigneur ! Toi qui es partout, même dans ces ténèbres ! Permets le retour de Ton serviteur Jérémie. La tendre Ramadé l'attend au foyer, en préparant des pimenteries effroyables qui feraient chialer un crocodile de l'élevage Hermès. Ses tendres moutards ont besoin de l'autorité paternelle pour ne pas succomber aux louches tentations de notre civilisation de merde, programmée à notre insu par des forces mauvaises que Tu ne devrais pas laisser proliférer longtemps encore, que sinon je ne réponds plus de rien !

Une clarté nouvelle ! Aurore qui me boréalise le cœur, me ravit l'esprit, me titille les glandes et me met dans la bouche ce goût de vie irremplaçable qui nous incite à perpétuer l'espèce de cons à laquelle nous appartenons.

Vlouf ! Le projo jaillit de l'onde, triton de feu ! Sa lumière débouchant dans la ténèbre est aussi vive que celle qui inonde une table d'opération.

M. Blanc respire profondément, en accéléré néanmoins.

— Ça joue ! me crie-t-il dès qu'il a pu stocker suffisamment d'oxygène : on est arrivés ! Il faut nager une dizaine de mètres sous l'eau et tout de suite après c'est la grotte avec la fameuse grille au bout ! Cherche-toi des palmes, flic. Moi je me charge des outils.

Il pose le projecteur sur le banc, coupe un mètre cinquante de la corde d'amarrage et y fixe la scie et la tenaille par des nœuds astucieux. Qu'après quoi il attache le tout à sa taille. Maintenant, va falloir un point d'ancrage pour ce Zodiac, mon vieux, sinon, en se retirant, la marée l'emportera avec elle jusqu'à l'étranglement !

Tu le sais, le propre des chefs c'est de suivre les sans-grades. A distance. Je filoche donc M. Blanc dans l'onde salée. Il pousse sa lumière devant soi, le cher noirpiot. Ses palmes créent des foisonnements de bulles qui me servent de repère.

Mon cœur tagadate à bloc lorsque j'émerge de l'autre côté. En ce lieu où nous débouchons (de carafe, si tu me permets, car y a longtemps que je t'ai pas placé d'à-peu-près) l'air est confiné et pue la vase, le caveau de famille et le poisson avarié, odeurs impropres à notre consommation.

— Vise un peu, flic ! chuchote Jérémie.

Comme le matelot de Christophe Colomb quand il a aperçu l'Amérique. Pour lui, ce chenal, c'est la Vallée des Rois ! Sa conquête ! Son triomphe !

Le pinceau pâle arrache du néant des grilles rébarbatives. Nous nageons jusqu'à elles. La chaîne défendant la porte est aussi grosse que celle qui est fixée à l'ancre d'un porte-avions. Le cadenas a quelque chose de monstrueux, lui aussi. Grand comme une tortue! De terre, je conviens, je ne voudrais pas que tu me suspectes jamais d'exagération. Tu sais que ce n'est pas mon genre. Moi : sobriété, sobriété (en littérature, pas dans la vie). Sobriété dans le réalisme, tous mes potes de l'Académie en conviennent; c'est d'ailleurs pour cette raison qu'ils font leurs chattes avec moi; m'adressent toutes ces proposes que je refuse inexorablement. Ils veulent m'avoir à ce point qu'ils m'offrent de m'élire sans que j'aie à faire de visites (c'est eux qui viendront chez moi, ils prétendent; tu penses, avec la cave que je possède : des Yquem depuis 1899 et du 67 pour me laver les ratiches le matin!).

Donc, énorme cadenas.

Nous prenons pied sur un entablement rectifié au ciment. On essaie de sectionner la boucle dudit cadenas à la cisaille, mais ouichtre, comme disent les Auverpiots! Alors, la scie! On l'attaque à mort. Je tiens la serrure mobile (1) pendant que Jérémie l'entreprend avec la lame.

Et c'est alors qu'un bruit retentit venant des hauteurs! Des gens descendent un escadrin de fer. Ils causent en dévalant.

— Prenez garde, les marches sont très étroites! avertit un homme.

(1) Soulignons les scrupules professionnels de San-Antonio qui, pour ne pas avoir à user une troisième fois du mot cadenas, se sert de sa définition qui est « serrure mobile ». Par moments, il me flanque le vertige!

Poirot Delpech

— Ne vous inquiétez pas ! retourne un autre
monsieur.

— Il est vrai que vous êtes sportif ! fait la première voix qui semble appartenir à un être déjà
ébréché par le temps et une accumulation de tiers
provisionnels.

La vraie caravane ! Là encore, la sonorité des
lieux multiplie les sons, les rend pompeux comme
des bruits d'église.

Jérémie a déjà éteint le projo.

— Ecartons-nous de la grille ! je lui dis-je dans un
souffle.

Je claque de plus en plus des chailles, moi. Dis,
c'est pas joyce de macérer dans de l'eau souterraine !

Nous nous éloignons le plus silencieusement de
notre mieux, comme dirait le Gravos, jusqu'à un
piton rocheux que j'ai vaguement distingué en
refaisant surface et qui se dresse, tels ceux qui
rendent la baie de Rio inoubliable, non loin de la
grille. On se planque derrière, le noirpiot et moi et,
réduits aux aguets, on se met à guigner la suite des
événements.

Bientôt la clarté se fait à l'arrivée du puits. Un
groupe surgit, nanti de loupiotes en tout genre. Il se
compose de quatre personnes. Chacune d'elles est
équipée d'une lampe frontale de mineur. Celle qui
ouvrait la marche a en outre un fort projo arrimé sur
sa poitrine par une dragonne. Ce petit monde est
chaussé de cuissardes.

Sont présents par ordre d'arrivée : un homme
jeune (celui qui trimbale le projecteur supplémen-
taire et qui coltine en outre une espèce de musette
en toile cirée à l'épaule), puis un type d'une soixantaine d'années, vieux et massif, puis un troisième
homme élégant, bien découplé comme il est dit dans
les *books* de la collection Guignolet, vêtu d'un

costume de chez Cerruti que ses bottes montantes rendent vachement anachronique. Il porte même une cravate, c'est te dire ! Une femme ferme la marche ; plus très jeune, avec une dégaine de vieille Suissesse convertie à l'alpinisme. Elle est finement ridée, basanée, énergique. Ce que mon papa appelait « une maîtresse femme ».

Le vioque dit à l'élégant :

— Faites attention, monsieur Maurier, c'est très glissant. Restez contre la paroi, vous n'aurez de l'eau que jusqu'aux genoux.

C'est lui, le visiteur. L'hôte !

Maintenant, le type le plus jeune est à la grille. Il empare le cadenas, glisse une forte clé dedans et crique-craque la bistougne. Va-t-il s'apercevoir de notre début de violation sur la personne de « la serrure mobile » ? Non ! Il fait jouer la boucle, libère la chaîne, pousse la grille. Elle s'ouvre avec un grand gémissement rouillé pour films d'épouvante.

Et justement, l'élégant, celui qu'on a appelé M. Maurier, remarque d'un ton neutre où sourd son angoisse :

— J'ai l'impression de voir un film d'horreur !

Comme quoi les grandes idées sont dans l'air, hein ? Et chacun les renifle quand il a un tarbouif convenable.

Le groupe pénètre dans la geôle. Un quadruple faisceau illumine celle-ci. Ce que j'aperçois alors désoblige ma dignité humaine.

Deux hommes se trouvent enfermés dans cette grotte. En les apercevant, je me mets à penser à Louis XI, grand roi de France mais parfait salaud, qui tenait des captifs en cage dans les pires conditions en son château de Plessis-lez-Tours (Indre-et-

Loire). Les deux hommes que je te cause (1) séjour-
nent dans une cavité n'ayant pas plus d'un mètre
cinquante de haut, ce qui les contraint à demeurer
perpétuellement couchés, accroupis ou courbés. De
plus, détail affreux, ils ne sont pas au sec car l'eau, à
marée haute, submerge leur tanière d'une dizaine de
centimètres. Au fond de ce trou, un jerricane (d'eau
potable supposé-je). Mangent-ils ? Et quoi ? Et que
deviennent leurs déjections ? Le flot fait le ménage,
probable.

Mais bouge pas, attends, je t'ai pas tout dit : je
connais l'un de ces deux prisonniers.

Tu veux savoir ?

Ted of London !

(1) On dit : « San-Antonio, San-Antonio homme de lettres ! »
Mes couilles, oui ! Quand on commet une phrase pareille, on va se
cacher !

                                        Jean-Paul Claudel

LES JUSTICIERS

Franchement, il n'était pas laubé, l'Angliche. Comme Apollon, il donnait davantage envie de gerber aux dadames qu'il ne les humectait (ôte-toi de là que je m'humecte !). Rouquin, rosâtre, tavelé, l'air fumier à foutre des cauchemars à Dracula, balafré par mes soins, c'était pas un lot à réclamer, l'artiste. Mais tu le verrais après quelques jours de détention dans ce trou à crabes, là il ferait avorter toutes les femelles vivipares de la création, à commencer par Mme Thatcher, dont mon gentil Renaud a écrit une remarquable biographie. Sa barbe rousse a poussé, il est tout tuméfié, tout égrotant, cerné, bouffi, vanné, brisé menu. Le moral en haillons, le corps en perdition. Plus du tout content de soi. Depuis mon bain de siège, je le contemple dans les clartés qui dansent autour de sa piètre personne, ajoutant une fantasmagorie sordide à cette scène de cauchemar.

Il se tient de guingois, la tête courbée, les jambes un tantinet fléchies ; déjà à bout de ressource.

L'homme qui dirige les opérations ordonne à son compagnon au projo d'éclairer l'individu.

— Voilà, monsieur Maurier, fait-il de son ton bonasse de maquignon, c'est lui !

L'élégant semble comme intimidé. Il s'approche d'un pas, regarde Ted, puis recule de deux.

La femme s'adresse au pauvre Rosbif :

— Je vous prie de raconter votre équipée de Neuilly, un matin de l'an passé.

Il a conservé son accent anglais, Ted of London. Ça donne un petit charme plaisant à sa converse, généralement. Mais là, il est à ce point démantelé que cet accent paraît pitoyable, voire même tragique.

Ses tortionnaires ont dû le « questionner » auparavant, lui faire cracher tout le morcif car il semble réciter un texte déjà dit. Ses hésitations, ses comas, sont dus à sa mémoire. Il cherche à retrouver des mots, non à retarder ses réponses.

— J'étais sans travail. J'ai rencontré un ami surnommé le « Para », qui m'a proposé un coup au domicile d'un industriel nommé Maurier qui habitait Neuilly.

Il parle... On dirait qu'il n'a pas pigé que le Maurier auquel il fait allusion est là, devant lui.

Depuis mon poste d'observation, je le contemple avec une vague commisération. Tous les hommes en mauvaise posture redeviennent plus ou moins des mômes.

— Le Para avait eu pour copine une fille qui avait servi comme bonne chez les Maurier. Elle savait qu'il existait un coffre dans le mur, caché derrière un tableau. Il était plein de fric et de bijoux. Il m'a proposé d'aller le vider, un matin, pendant que la dame était seule. J'ai accepté. On s'est présentés à l'appartement. Y avait pas de domestique, c'est la patronne qui nous a ouvert. On l'a braquée. Puis on l'a ligotée et on lui a demandé la combinaison du coffre. Elle nous a assuré qu'elle ne la connaissait pas. On ne l'a pas crue. Alors on a secoué cette femme pour la faire avouer ; mais elle a persisté à prétendre ignorer cette combinaison...

Il se tait, oppressé. Sa voix est cassée, grumeleuse. Il claque des dents pire que moi, Teddy. Depuis des jours dans cette niche pourrie, accroupi, les pieds et le cul dans l'eau, à la tienne !

L'homme élégant, c'est-à-dire M. Maurier, murmure :

— Elle n'avait pas voulu que je lui apprenne la combinaison pour être dans l'impossibilité de la révéler à des voleurs, le cas échéant.

Il parle pour ses hôtes. Peut-être aussi pour Ted, comme s'il avait besoin de justifier l'attitude de sa pauvre épouse. Je dis pauvre épouse car je me rappelle parfaitement la suite de l'histoire. Tristounette.

— Continuez ! enjoint la femme à Ted of London.

M'est avis qu'elle doit manquer de charité chrétienne sur les bords, cette dame matonne !

— Comme notre coup ne donnait rien, on s'est énervés, continue Ted.

— C'est-à-dire ? demande la femme qui joue le rôle d'avocat général dans cette espèce de procès express.

— On a secoué Mme Maurier.

— Qu'appelez-vous secoué ?

— On l'a battue.

— Et puis ?

— Ça nous a... ça nous a excités. Elle était belle. On a décidé de...

— De ?

— De se la faire, quoi !

— Bref, vous l'avez violée ?

— Enfin... oui !

— Lequel des deux a commencé ?

— Moi.

— Mme Maurier était passive ?

— Comment ?

— S'est-elle laissée faire sans réagir ?

Il y a un silence.

— Oui, dit Ted.

Le con ! Il ne comprend pas qu'il aggrave son cas aux yeux de l'époux ! Il prétendrait avoir pris sa victime de force, il ne déclencherait pas la même haine glacée chez Maurier. Manque profond de psychologie. Il lui retire l'unique consolation à laquelle « l'élégant » pouvait se raccrocher.

— Vous mentez ! s'écrie Maurier. Vous n'avez donc jamais vu votre sale gueule répugnante !

— Non, non. Elle s'est laissée faire ! s'obstine le Rosbif.

— Poursuivez ! enjoint la femme.

— Mon copain y est passé ensuite.

— La malheureuse avait été rouée de coups ! intervient le vieux type massif, comme s'il comprenait le désespoir de Maurier et voulait l'atténuer.

Ted baisse la tête. Il attend. Il sent que son destin se trouve dans un cul-de-sac-de-basse-fosse. A présent, il a pigé qui est Maurier. Le mari de « sa » victime. Si cet homme se trouve dans sa geôle inhumaine, ce n'est certes pas pour lui apporter son pardon.

— Arrivons-en à la phase finale, reprend la « procureuse ». Vous avez donc violé Mme Maurier l'un après l'autre.

— On avait perdu la tête !

— Je vous demande des faits, pas des appréciations !

— Au moment de partir, j'ai pris peur. Alors j'ai eu un moment de folie.

Il n'en dit pas davantage. Mais les quatre autres le

regardent fixement, le contraignant ainsi à aller jusqu'au bout de sa confession. Ils veulent l'entendre prononcer la phrase fatale. Ils sont venus pour cela. Il la leur doit.

— Je lui ai tiré une balle dans la tête, murmure-t-il d'un ton à peine audible.

La femme monte le ton :

— Vous parlez là de la seconde balle. Car vous en avez tiré deux ! Où, la première ?

Ted n'a pas le courage de répondre. Là, c'est trop terrible. Plus disable. Ça se vit dans le délire, ça ne peut se relater froidement.

— Répondez ! ordonne la femme.

Il reste tout ratatiné, le salaud ! Vaincu au-delà de tout. Confondu à ne plus pouvoir exister.

— Ré-pon-dez ! crie la femme.

Mais non, pas la peine de t'exciter, bobonne, le voyou va la garder verrouillée.

Le vieux l'a bien compris, qui intervient opportunément :

— Vous avez commencé par lui tirer une balle dans le sexe, ce qui est le comble du sadisme. Et c'est à cause de ce détail abominable que nous nous sommes lancés à vos trousses et avons tout mis en œuvre pour vous retrouver. Un tel acte situe votre crime au-delà du tolérable. Vous n'êtes plus un homme, mais une chose malfaisante que nous allons détruire.

— J'étais fou ! chuchote Ted of London, si bas que sans la résonance de la crypte je ne l'entendrais pas.

Un souffle, celui de M. Blanc me gouligoulaille dans l'oreille :

— Tu parles d'un fumier, ce type, mon vieux ! Faudrait lui couper les couilles !

— Je crois bien que c'est ce qui l'attend, réponds-je.

Et il se fait un interminable silence. Quelle scène fantastique : les deux prisonniers clapotant, égrotant dans l'eau noire de la grotte face à quatre justiciers en bottes d'égoutiers (ou de pêcheurs au lancer) dans les faisceaux de lampes frontales. Des ombres chimériques se contorsionnent sur les parois tourmentées. Le deuxième détenu est un Arabe, un homme grand, le cheveu court frisotté sur le devant, dont la chemise est en lambeaux des suites (je le suppose) de son « interrogatoire ».

Lui, il est carrément assis sur une saillie de la roche, les bras sur ses genoux, la tête penchée. Un sourire orgueilleux tord ses lèvres minces.

Le vieux mec réagit le premier.

— Eh bien voilà, monsieur Maurier, fait-il en se tournant vers l'élégant. Nous avons tenu notre promesse. A vous de tenir la vôtre. Cet abject personnage est à votre disposition. Lorsque vous en aurez terminé avec lui, nous enterrerons sa carcasse dans une tourbière désaffectée après exploitation. Le travail est pratiquement préparé puisque les tranchées sont déjà creusées ; il ne restera plus que d'en combler deux mètres lorsqu'il sera dedans.

Il ajoute en présentant à Maurier un parabellum par le canon :

— Puisque vous avez choisi le pistolet, en voici un qui contient huit balles dont vous pouvez disposer à votre guise.

Maurier ? Un automate ! (Sans sauce.) Geste mécanique, frime de robot. Tu te croirais devant ta télé, quand elle nous balance une culterie japonouille bourrée d'extra-terrestres et d'effets spatiaux. Il se saisit de l'arme. L'assure dans sa main.

— Le cran de sûreté a été relevé ! prévient le vieux.

Maurier a un acquiescement. Il abaisse lentement le canon pour le pointer sur le bas-ventre de Ted.

Moi, une sirène me hurle à mort dans le carberluche. Un sagouin meurtrier, d'accord, le Ted. Une pourriture vivante ! Violeur, sadique, ne méritant pas d'exister. Mais existant, nom de foutre ! Vais-je le laisser abattre de sang-froid sous mes yeux, sans réagir ?

La voix chaleureuse de M. Blanc me susurre dans la même oreille que naguère (la droite) :

— Fais pas le con, flic ! T'en ferais autant à la place du mari !

Probable. Mais je ne suis pas le mari ! Là est la différence !

Je vais pour me manifester lorsque le Ted se met à beugler en anglais, tant sa panique est absolue :

— Ne tirez pas ! Je vais vous dire quelque chose !

Cet éclat déconcentre Maurier. Son bras s'abaisse le long de son corps.

— Que voulez-vous nous dire ? demande le vieux.

Et Ted, comprenant que pour vivre quelques secondes de plus il lui faut absolument créer une diversion, de lancer :

— Il y a quelqu'un dans la grotte !

Tu parles d'un ! Et moi qui étais prêt à bayarder pour sa peau de lope ! Comme quoi, t'admettras que je resterai bien jusqu'au bout la reine des pommes, non ?

— Que racontez-vous là ! s'exclame la femme.

— Il y avait quelqu'un, juste avant que vous n'arriviez. Avec de la lumière. Deux hommes, dont un nègre je crois bien. Ils avaient commencé à scier le cadenas, vous pouvez vérifier !

L'homme au projo bondit à la grille pour constater.

— Exact ! prévient-il.

Ensuite, il se met à balayer la grotte de son puissant pinceau lumineux (ou faisceau, ou rayon, ou merde, à ton choix, si tu savais ce que je m'en pogne à deux mains !).

Nous, on reste placardés derrière notre rocher, nature ! Mais comme il n'y a que cette cachette de possible, le mec s'annonce droit vers nous et contourne le piton.

Faits comme des zouaves ! *In the babe, Sir ! Profoundly. Whith just* un peu de *vaseline, please,* pour faciliter la tendresse. *The love, you know ?*

Dans la lumière aveuglante, je souris plus grand que l'abbé Jouvence (lequel, pour un ecclésiastique, s'est vraiment mêlé de trucs féminins qui n'avaient rien à voir avec son sacerdoce !).

Contre mauvaise fortune, hein ? Alors, soyons beaux joueurs.

— Avancez ! ordonne l'homme au projo.

J'obéis d'autant plus tout ce qu'il y a de volontiers que j'en ai ma claque de me tremper le prose dans la baille.

M. Blanc me suit comme... mon ombre (ils vont encore bramer au racisme, ces connards, toujours à l'affût de la moindre discrimination raciale comme ils disent).

On franchit la grille et, la marée commençant à rentrer chez elle, nous voici hors de l'eau, qu'ouf ! c'est pas dommage. Après t'attrapes des rhumatismes et t'as même plus la force d'arracher la queue d'une cerise.

— Salut tout le monde ! fanfaronné-je, n'ayant rien de plus urgent à branler pour l'instant.

Le vieux et sa bergère s'approchent pour me

visualiser dans des conditions optimales. Puis défriment mon sombre compagnon.

— Ce sont eux, n'est-ce pas ? murmure l'homme.

— A n'en pas douter, rétorque la dame.

De près, mon aversion pour elle se renforce à la vitesse grand « V ». Pas liante, la donzelle. Capable des décisions les plus extrêmes. Un regard d'acier, des mâchoires de brochet, un nez pincé, un front étroit et bombé.

— C'est ce Noir qui a tué Ruth ! fait-elle.

— En effet, renchérit son vioque.

Et à moi :

— J'ai cru comprendre que vous apparteniez à la police française ?

— Commissaire San-Antonio.

— De quel droit êtes-vous ici, dans une propriété privée en République d'Irlande ?

— Je vous demande pardon, cette grotte ne saurait appartenir à un particulier, objecté-je. Le sous-sol est toujours le bien de l'Etat, monsieur. Et je vois que vous en disposez à des fins qui me semblent pour le moins un peu glauques.

— Vous avez tort de persifler, c'est moi qui contrôle la situation.

— Les autorités d'ici exprimeront leur sentiment sur la question.

— Ah ! vous croyez cela ?

— Parfaitement.

Il a un rire hargneux.

— Vous ne manquez pas de culot !

— C'est le propre de notre race, cher monsieur.

— Vous avez eu tort de tuer Mme Booz, tort aussi de nous harceler jusqu'ici. Puisque vous êtes venu jusqu'à cette crypte, commissaire, vous n'en sortirez plus vivant.

— La mort de Ruth Booz a été accidentelle.

— Un accident consécutif à une violation de domicile !

— Une violation de domicile justifiée par un rapt !

— Le rapt de qui ?

Je désigne Ted of London.

— De cet individu que vous avez enlevé à Montreux, au Palais du Festival, après avoir fait passer son complice le Para de vie à trépas. J'entends d'ailleurs prouver que vous avez bien d'autres meurtres sur la conscience. Vous les signez de façon bien barbare, en sectionnant les organes génitaux de vos victimes et en fourrant ceux-ci dans leur bouche.

— N'appelez pas cela des meurtres, commissaire. Ce sont des exécutions. Nous ne sommes pas des assassins mais des justiciers ! Certains criminels ne méritent même pas que leur cadavre conserve un sexe.

— Nul n'a le droit de se substituer à la Justice !

— Quand la Justice est inefficace, si ! Nous avons formé une milice ayant la vengeance pour motif. Nous rayonnons sur la France, l'Allemagne, l'Italie, la Grande-Bretagne, la Belgique...

— Qui ça « nous » ?

— Quelques compagnons qui partagent le même point de vue. Sous l'impulsion de Ruth et avec les gros moyens dont elle disposait, nous sommes parvenus à réaliser un groupe international d'une efficacité prodigieuse. Nous fonctionnons d'une manière peut-être artisanale, mais nous obtenons des résultats auxquels vous autres, policiers, n'atteignez jamais. Croyez-moi, avec nous, justice est faite ! Justice se fait ! Justice se fera !

Tu sais qu'il a la foi, le vieux bougre ?

— Je suppose que tout cela a débuté par un

règlement de compte personnel de Mme Booz, n'est-
ce pas ? questionné-je.

Là, je marque un point. Il sourcille, jette un œil à
sa grognasse puis hoche la tête.

— Je vois que vous savez déjà pas mal de choses,
commissaire, note l'étrange bonhomme.

— Figurez-vous que je détiens un don, mon bon
monsieur : ce que j'ignore, je l'invente. D'où ma
réputation. Un flic sans imagination reste à taper à la
machine sur une vieille « Royale » déglinguée dans
un commissariat ae province.

« Je vois les choses ainsi : Ruth Booz devait être
apparentée à la banque Golda Goldenberg, dont
tous les administrateurs moururent en déportation
pendant la guerre ; tous sauf le dénommé Hugues
Naut, lequel était aryen et qui devint le grand patron
de cet important établissement. »

— Juste : Moïse Goldenberg était le grand-père
maternel de Ruth.

— Un jour, elle décida de récupérer les biens
dont sa famille avait été spoliée par ce grédin de
Naut et employa pour cela le plus simple des
systèmes : elle se fit épouser par lui. Ensuite, restait
à accomplir la seconde partie de son programme : la
vengeance. Je suppose que c'est à partir de là qu'on
vous trouve dans ce qui allait devenir une organisation… d'épuration ?

Rire mystérieux du bonhomme.

— Beyrouth ! Les couilles dans la bouche de
Naut !…

— Ma femme est la demi-sœur de Ruth ! explique
l'homme comme si cela constituait une justification
de ses actes.

— Vous avez le culte de la famille, bravo ! Après
la mort du… *traître*, Mme Booz a décidé d'utiliser sa

fortune pour continuer son œuvre vengeresse, pas vrai ?

— Puisque vous le dites...

— Alors vous avez réglé son compte à Albert Hébasque, collabo notoire, lequel avait été l'ami et le complice d'Hugues Naut pendant l'Occupe. Je suis toujours sur la bonne voie ?

— Rien à redire jusque-là.

— Après, je flotte un peu. Je suppose que vous vous étiez forgé une philosophie, sans philosophie on accepte mal ses propres crimes. L'idéal, vrai ou faux, ressenti ou feint, est un bon support pour justifier ses saloperies.

— Quoi, des saloperies ! fulmine soudain le vioque ! Nous rendons la justice !

— Ecoutez, monsieur Saint Louis, vous n'expérez pas convaincre un commissaire de police que votre soi-disant milice est une entreprise de salut public, non ?

— Je ne me soucie pas de convaincre, commissaire. J'agis ! NOUS agissons ! Ce que nous avons réalisé en équipe réduite pourrait appartenir à l'histoire ! Combien de traîtres avons-nous liquidés ? Des tortionnaires nazis, des tueurs de juifs, des meurtriers sadiques comme ce type, ici présent, des terroristes impunis toujours sauvés par de honteuses tractations à l'échelle des gouvernements.

Il me désigne le compagnon de détention de Ted of London.

— Vous voyez cet homme, là ? Il s'appelle Kader Houcel. C'est lui qui a dévalisé la Poste Centrale de Chartres, abattant un caissier, et qui a posé un engin explosif dans le Passage des Masturbations, à Paris, causant la mort de cinq personnes dont une adorable fillette de huit ans ! Vos putains de service le connaissaient et auraient pu l'interpeller, comme vous dites dans votre jargon. Seulement, il y avait des intérêts dits « supérieurs » à respecter. Alors on l'a traqué pour la forme et laissé filer. Mais NOUS, commissaire, nous qui avons des couilles au cul avec la manière de nous en servir, nous l'avons retrouvé, embarqué, questionné. Il nous a tout craché sur son entreprise maudite car nous savons faire parler les gens les plus coriaces, NOUS ! Et savez-vous ce que nous avons fait, ma femme et moi ? Il y a dix jours nous avons fait sauter l'état-major de la base d'entraînement terroriste de Tripoli. Et vous voulez voir de quelle manière je le traite, ce fumier ?

Il sort un pistolet de sa ceinture, s'approche du prisonnier, lui colle le canon de son arme dans la bouche et presse la détente. Un calibre pareil, l'autre aussi sec éternue son cervelet avec les ramifications avoisinantes, tu penses !

Le vieux regarde le sang dégouliner de la blessure béante sur les pierres luisantes. Le sang qui va à la mer, comme un ruisseau de plus ! Puis il rengaine son feu.

— A notre époque, c'est ainsi qu'il faut régler les problèmes ! Et pas autrement, vous saisissez ? Vous saisissez, saloperie de flic merdeux ?

L'Antonio s'efforce au calme. Olympien ! Olympique ! Au détachement. Flegme britannique ? Non, flegme français. Ça existe, je l'ai éprouvé. Le vaste détachement ! Lointain, l'Antoine. Drapé ! Dignité humaine passe avant la vie !

— Je suppose que c'est là le sort que vous nous réservez, cher monsieur ? fais-je d'une voix détachée.

Il sourcille.

— Pourquoi ?

— Vous ne sauriez remettre en circulation un flic

ayant assisté à cette scène et nourri de toutes vos
confidences ; ce serait suicidaire de votre part.

— Vous, vous resterez dans cette prison naturelle
jusqu'à la fin de vos jours. Quant à votre putain de
nègre, il va payer pour la mort de Ruth !

M. Blanc qui, depuis plusieurs millénaires, n'a pas
moufté, déclare :

— Il est fou, ce mec, non ? Non mais tu as vu
comme il bute les gens !

Alors, plein de décision, voilà mon Jérémie qui
bondit, félin tout plein, contre le dos de la femme
matonne. Il lui fait une clé de la main droite et passe
son bras gauche autour du cou de la vieille donzelle.
La voici immobilisée.

— Hé ! le vieux ! dit M. Blanc, arrêtez votre
cirque sinon je fais le coup du lapin à votre morue,
moi !

Le bonhomme redégaine, place l'orifice de son
arquebuse sur ma nuque.

— Lâche-la immédiatement, négro, ou j'abats le
commissaire.

Je crois opportun d'intervenir :

— Ecoutez, messieurs, pas de panique, sinon ça
va devenir un vrai charnier ici ! Monsieur le Justicier, il y a quelqu'un que vous oubliez : c'est
M. Maurier. Ne trouvez-vous pas qu'il est lui aussi
devenu un témoin plus que gênant ?

— Pas un témoin, un complice ! rectifie le chef de
l'organisation. Maurier, vous vous apprêtiez à liqui-
der ce salaud d'Anglais qui a violé, torturé et
assassiné votre femme. Alors, finissez-en ! Nous
avons eu assez de mal à le dénicher, puis à l'apprivoiser en lui proposant du travail pour mieux
pouvoir pénétrer son intimité. Il nous revient cher,
le salaud ! Et il est méfiant ! On s'en est aperçu avec
lui ne serait-ce que pour retrouver l'arme de son

crime : il a fallu perquisitionner chez lui de fond en comble. Savez-vous où il l'avait dissimulé son pistolet ?

Pendant qu'il jacte, étourdi, grisé par sa propre excitation, il se produit, à son insu, un curieux choseblic. Quelque chose de dur frotte ma cuisse, à la recherche de ma main pendante. Je mets une poignée de seconde à réaliser : c'est Maurier qui, en loucedé, veut me donner l'arme qui lui a été confiée !

Quand je pige ça, comment que j'en chourave la crosse gaufrée ! Du pouce je vérifie que le cran est bien resté ôté. Il l'est. Alors, on embarque *immediately*. Plus tard risquerait d'être TROP tard. Je remonte ma main droite qui tient le feu jusqu'à mon aisselle gauche. J'enquille le canon sous mon bras. Pivote un tantisoit, imperceptiblement et je tire.

Cri !

Esquive pivotante de l'Antonio émérite. Constat : le « Justicier » a morflé dans l'épaule et a lâché son propre pistolet. Je shoote dedans pour le propulser dans la flotte. Tout va rapidos. L'alguazil de service veut me faire péter la durite. Reusement, son projo gêne son mouvement et je l'assaisonne en premier.

Pan et re-pan !

Alors ?

Alors y a du brouhaha plein le puits d'arrivée.

— Amenez-vous ! enjoins-je au brave Maurier chez qui l'esprit civique l'emporte sur l'esprit de vendetta.

Je ramasse le feu de l'homme au projo, le lui présente.

— Tenez, ça peut servir !

Mais point n'est besoin de cet adjuvant de service, car le brouhaha est causé par l'arrivée du fameux

Bérurier, l'homme sans qui la choucroute n'aurait pas sa véritable raison d'être.

— V's'avez b'soin d' moi? demande l'Enorme.

— Non, merci, monsieur le ministre, le ménage est fait.

— Là-haut itou. Y z'ont été quéqu'z'uns à m' chercher du suif, mais j'ai parvenu à mett' les pendules à l'heure grâce à un' mitraillette qu' j'ai dégauchie dans l' coffiot d'une d' leur tire.

Tout ce qui nous reste à maquiller, c'est d'enfermer le couple de « justiciers » dans la crypte en compagnie de Ted of London, et de tous les complices du haut! N'ensuite de quoi, on retourne au campement sans repasser par les écueils souterrains. Nous reste plus qu'à envoyer le Hollandais s'acheter un Zodiac neuf pendant que nous prendrons congé de ses chères compagnes, le Gravos et moi.

CONCLUSION

Pour un dégagement, c'est un dégagement, fais-moi confiance.

Je ne sais pas s'il a tapé dans les fonds secrets, Achille, mais je peux te dire qu'il a fait les choses en grand à l'hostellerie de la *Reine Pétasse* de Bourg-Mémiche.

Nous sommes au moins combien ?

Plus, tu crois ?

Attends, je compte :

Il y a là le Dabe et sa demoiselle Zouzou du moment ; Félicie et moi, œuf corse ; Béru, Berthe et leur bébé (leur concierge étant malade et m'man présente, ils n'avaient personne pour le garder) ; Mathias et son épouse constellée de sparadrap ; Levenin et sa femme (agréable surprise, ce sale peigne a une épouse ravissante à qui je vais tâcher d'expliquer la différence qu'il existe entre une zézette et un zob), et puis il y a également M. Blanc et sa chère Ramadé dans une belle robe rouge à choux-fleurs. Pinaud n'a pu venir, ayant dû conduire sa vieillarde à l'hosto pour des contrôles de sang, de pisse, de salive, et autres sécrétions secondaires.

Le Dabe se fait raconter notre prodigieuse odyssée pour la foutrième fois (au moins).

Lui, d'apprendre que des gens ont eu le toupet de fonder une milice pour compenser les carences des polices européennes, ça le met en transe et il a sa calvitie tapissée d'urticaire pas joyeux. Une chose de cette monstreusance, il aurait jamais pensé que ça se put-ce, Chillou. La civilisation qui prend de la gîte ! Un tournant fatal pour l'humanité ! La mort des droits de l'homme !

Le rôle déterminant de M. Blanc, dans ce cas de nœuds ça le touche. Lui, si antiraciste, il déclare que pour un Noir dont le papa était encore en pagne et dont le grand-père bouffait de l'évangéliseur au court-bouillon, chapeau ! Et comment qu'il va te le faire entrer dans la police, ce brave Jérémie. Recrue surchoix !

Non, il refuse qu'on prévienne les autorités irlandaises pour leur apprendre qu'il y a du monde dans le sous-sol d'une certaine demeure en granit de Typigekpuick. Qu'ils crèvent, ces abjects forbans ! Heureusement que ton Sana, humaniste à se chier dans le froc, a déjà balancé un coup de turlu à ses collègues de Galway pour leur faire un papier de la situasse.

Toujours est-il que l'euphorie règne à bloc, que le vin coule à flots, que Mme Levenin me caresse somptueusement la cuisse droite et Mlle Zouzou la cuisse gauche, au risque de se rencontrer, je sais bien ; mais, dans ma braguette, y n'a que les montagnes qui ne se rencontrent pas !

Intermède quand m'man, toujours dévouée, change Apollon-Jules. Chacun d'aller admirer le produit de la ferme des Bérurier.

— Çui-là, exulte Alexandre-Benoît, j' peux pas le rogner (pour renier, évide-manche-à-balais), matez un peu c'te tâche de vin qu'il a sur le dargif ! J'ai la même, au mêm' endroit.

Car ma brave femme de mère a fait le nécessaire, tu penses !

Lors, Berthe se trousse, tombe sa culotte et, se penchant pour nous proposer le plus gros fessier de la Seine, de la Seine-Saint-Denis, des Hauts-de-Seine et des Yvelines, déclare en désignant une plaque rouge, large comme la main, sur sa miche gauche :

— Tu peux pas le renier, mon cul, Sandre ! C'est le cas d'y dire ! Et ça, c'est la photo de Canuet, p't'être ?

FIN

Achevé d'imprimer en octobre 1986
sur les presses de l'Imprimerie Bussière
à Saint-Amand (Cher)

— N° d'impression : 2482. —
Dépôt légal : décembre 1986

Imprimé en France

PUBLICATION MENSUELLE